독고진 장편 소설

FUSION FANTASTIC STORY

100마일
100MILE

100마일 11

독고진 장편 소설

초판 1쇄 찍은 날 § 2015년 8월 20일
초판 1쇄 펴낸 날 § 2015년 8월 27일

지은이 § 독고진
펴낸이 § 서경석

편집책임 § 한준만

펴낸곳 § 도서출판 청어람
등록번호 § 제387-1999-000006호
등록일자 § 1999. 5. 31
어람번호 § 제1-2205호

주소 § 경기도 부천시 원미구 부일로 483번길 40 서경B/D 3F (우) 420-822
전화 § 032-656-4452 팩스 § 032-656-4453
http://www.chungeoram.com
E-mail § chungeorambook@daum.net

ISBN 979-11-04-90374-8 04810
ISBN 979-11-04-90145-4 (세트)

독고진 장편 소설

FUSION FANTASTIC STORY

100마일
100MILE

[완결]

도서출판
청어람

100마일
100MILE

CONTENTS

Chapter 1

제로백 슬라이더.

군이 새로운 명칭이 필요할까에 대해서 고민을 했지만, 랜디 존슨과 커쇼 모두 당연히 새로운 구종에 대한 정식 명칭이 필요하다는 조언을 해주었기에 무수히 많은 날을 고민하고 고민하다 이름을 정하기로 했다.

물론 처음부터 '제로백 슬라이더' 라는 이름을 정한 건 아니었다.

부끄럽게도 가장 처음 생각했었던 이름은 '차 패스트볼' 이었다.

대략적으로 신구종에 대한 공의 궤적을 예상은 하고 있었지만, 그것에 대해서 확신은 할 수 없었기에 우선은 '패스트볼'로 생각을 했었고, 당연히 앞에 '차'는 내 성을 따온 것이었다.

체조에서도 신기술을 등록할 때는 신기술을 개발한 선수의 이름을 따온 기술명을 정식으로 등록한다는 소리를 들었기에 나 역시 그 점을 착안해서 '차 패스트볼'이라고 이름을 정해놨었다.

하지만 시간이 지나도 '차 패스트볼'이라는 이름이 입에 달라붙는 느낌이 없었다.

그래서 바꾼 이름이 내 성의 영어 이니셜의 첫 단어만 따온 'C-패스트볼'이었지만, 그 역시도 딱히 마음에 들지 않았다.

그러다 우연찮게 자동차 프로그램을 보게 되었는데, 거기에서 '제로백'이라는 단어를 들음으로써 강렬한 느낌을 받게 되었다.

제로백.

이 말은 정식 명칭도 아니고, 국적 불명의 괴상한 용어다.

하지만 자동차에 조금이라도 관심이 있는 사람들이라면 누구나가 아는 말이기도 했다.

자동차가 정지 상태에서 시속 100㎞까지 가속하는데 소요

되는 시간.

이것의 은어가 바로 제로백이다.

일본에서 최초로 유래가 됐다는 말도 있고, 정체불명의 단어라는 이유로 사용을 금지하자고 주장하는 사람들도 있지만, 중요한 건 단어 자체가 가지고 있는 힘이다.

이미 제로백이라는 단어는 너무나도 익숙해져 버렸다.

대체할 만한 새로운 단어를 쓴다는 건 쉽지 않은 일이고, 무엇보다 제로백이라는 단어만큼 강렬한 느낌을 주는 단어가 생각나지도 않았으며, 자동차의 속도를 나타내는 지표로 제로백이라는 단어가 쓰이기 때문에 내가 던질 신구종에 가장 적합하다는 생각을 했다.

이런 내 생각에 반발하거나 거부감을 갖는 사람들도 분명 많을 거라 예상했다.

하지만 어차피 새로운 구종에 대한 이름을 선정할 권한은 나에게 있는 것이었기에 크게 신경 쓰지 않기로 했다.

그래서 최종적으로 결정했던 명칭이 '제로백 패스트볼' 영어 표기로는 'ZF'로 생각을 했었다. 그러다 일본전을 통해서 신구종의 궤적이 슬라이더와 굉장히 흡사하다는 사실을 확인하고는 인터뷰실에 들어오기 직전에야 최종적으로 '제로백 슬라이더'라는 이름을 결정지은 것이다.

예상대로 제로백 슬라이더(ZS)는 엄청난 후폭풍을 일으켰다.

최초로 선보인 한국은 물론 미국, 일본, 대만 등등 야구에 조금이라도 관심이 있는 나라라면 방송과 인터넷을 장악했다고 할 정도의 관심사가 되어버렸다.

당연히 이름에 대한 논란도 있었다.

우습게도 이름에 대한 논란으로 시끄러운 곳은 한국밖에 없었다.

가장 많은 사람들이 원하는 건 단 하나였다.

한국적인 명칭을 사용하길 바란다는 점.

이왕이면 한국 정서가 가득 담긴 명칭을 사용해 주길 바란다는 의견을 인터넷에서 쉽게 볼 수 있었다.

당연히 나로서는 대응할 이유가 없었다.

오랜 시간 고심했던 명칭이고, 무엇보다 가장 빠른 슬라이더라는 의미에서 '제로백'이라는 단어를 포기하고 싶지가 않았다.

형수를 비롯해서 몇 명의 동료들이 차라리 '제로 슬라이더'라고 하면 어떻겠냐고 묻기도 했지만, 이미 백 명이 넘는 기자들 앞에서 당당하게 '제로백 슬라이더'라고 말을 해놓고 하루 만에 이름을 바꾼다는 건 결코 쉬운 일이 아니었기에 고집대로 밀고 나가기로 했다.

'어차피 이름이야 시간이 지나면 그러려니 하면서 사용하게 될 텐데.'

중요한 건 어떤 이름이냐가 아니다.

제로백 슬라이더의 가치다.

구속, 구위, 무브먼트, 변화 등등 기존의 구종들과 차별화를 둬서 새로운 구종으로 등록시킬 만한 가치가 있느냐를 파악하는 게 가장 중요했다.

그래서인지 한국을 제외한 미국, 일본 등에서는 이름 같은 건 아무래도 좋다는 식이었다.

현재 수많은 전문가들과 프로 구단의 전력 분석원들이 일본전 영상을 토대로 제로백 슬라이더를 해부하고 있다는 사실을 어렵지 않게 전해들을 수 있었다.

"다저스 구단 내에서도 지금 내부 전력 분석원들이 발칵 뒤집혔다고 합니다."

황병익 대표의 말이 아니더라도 그 정도는 충분히 예상했다.

어디 다저스뿐이겠는가?

메이저리그의 모든 구단들이 제로백 슬라이더에 대한 엄청난 관심을 드러내고 있을 거다.

일본전을 통해 완성된 제로백 슬라이더의 장점은 우선 압도적인 구속이다.

100마일을 넘는 구속에서 시작되는 공 끝의 변화는 던지는 내가 생각해도 아찔했다.

아무리 배트 스피드가 빠른 타자라 하더라도 100마일의 구속에서 슬라이더의 궤적으로 변하는 공을 제대로 타격한다는 건 거의 불가능에 가까웠다.

미리 예측하고 친다?

어떤 코스로 올 것인지와 어느 시점에서 어느 정도의 궤적으로 변하는지를 모두 예측해야 하는데 그걸 예측한다는 것 자체가 확률적으로 희박했다.

거기에 제로백 슬라이더의 최대 장점이 일본 타자들을 통해서 확실하게 나타났다.

우타자를 상대로 몸 쪽 승부를 벌였을 때 나타나는 타자들의 심리적 공포감이다.

아무리 대범한 타자라 하더라도 100마일의 공이 몸 쪽으로 급격하게 꺾여 들어오면 공포감에 제대로 된 스윙 자체를 가져갈 수가 없다.

물론 비단 우타자만의 문제가 아니다.

좌타자의 경우에는?

'몸을 맞출 것처럼 날아오다 스트라이크 존으로 꺾여 들어가면 속수무책이겠지.'

어떤 타자가 맞출 것처럼 날아오는 공을 태연하게 지켜보다가 스윙을 하겠는가?

열이면 열 모두 기겁을 하며 뒤로 물러날 수밖에 없는 일이다.

막말로 '마지막에 공이 꺾여서 스트라이크 존으로 들어가겠지?' 라고 생각하고 대범하게 서 있다가 공 끝이 변하지 않는다면?

실투라도 나오는 순간에는 그대로 100마일의 공에 직격당하는데 몸이 재산인 운동선수가 그런 모험을 할 수 있을까?

이런 이유로 제로백 슬라이더는 타자들에게 공포를 선사할 수밖에 없는 마구였다.

"미국 현지 반응은 대단합니다. 벌써부터 몇몇 전문가들은 제로백 슬라이더가 현존하는 최고의 변화구 내지는 패스트볼이라고 극찬을 하고 있습니다. 실질적으로 라이징 패스트볼보다 몇 배나 더 위력적인 구종이라고 말하고 있다고 합니다."

"타자들에게 심리적인 영향을 많이 줄 수밖에 없는 구종이니 아마도 그럴 겁니다."

"정말이지 대단합니다. 하하하! 그리고… 다저스 구단과의 종신 계약 문제도 전면 수정을 해야 할 것 같습니다."

황병익 대표가 조심스럽게 자신의 의견을 말했다.

"무슨 말씀입니까? 계약 문제는 거의 협상 마무리 단계라고 하셨잖아요?"

내 물음에 황병익 대표가 고개를 끄덕였다.

"그랬었습니다. 하지만 이제 상황이 완전히 바뀌었습니다. 차지혁 선수가 이번 올림픽을 통해서 자신의 가치가 이전보다 몇 배는 더 올라가 있다는 걸 증명하고 말았기에 에이전트 입장에서 선수의 가치가 올라간 만큼 계약 문제를 다시 전면 재수정해야 한다고 판단했습니다. 아마도 다저스 구단 측에서도 이 부분을 이미 예상하고 있을 겁니다."

이미 마무리 단계에 접어든 협상을 다시 원점으로 돌린다?

아무리 생각해도 내 입장에서는 구단과 얼굴을 붉힐 이유가 있나 싶었다.

"굳이 그렇게까지 해야 할까요? 솔직히 전 마무리 단계에 들어선 다저스와의 계약 조건만으로도 충분히 만족하고 있습니다. 굳이 다저스 구단에게 더 많은 것을 얻어야 할 필요가 있을까 싶네요."

"차지혁 선수의 뜻은 잘 알고 있습니다. 하지만 차지혁 선수 스스로 자신의 가치를 낮게 책정해서 구단과 계약을 할 필요는 없습니다. 그리고 이번 올림픽을 통해 차지혁 선수의 가치가 더욱더 높아짐으로써 다저스 구단이 얻을 막대한 수익을 생각했을 때, 이전 계약은 확실히 전면 재수정이 필요합니다."

"계약 문제로 불편한 관계 설정을 하고 싶지는 않습니다."

"물론입니다. 어떤 일이 있어도 선수 본인과 구단과의 관계를 불편하게 만들지는 않겠습니다. 그게 에이전트인 제가 해야 할 일이니 그런 점은 걱정하지 않으셔도 됩니다."

황병익 대표의 대답에 알겠다며 고개를 끄덕이고 말았다.

"그리고……."

약간 조심스럽게 말을 꺼내는 황병익 대표를 향해 나는 괜찮으니 하고 싶은 말이 있으면 얼마든지 하라고 말했다.

"솔직히 에이전트 입장에서 차지혁 선수가 내셔널리그보다는 아메리칸리그로 이동하는 게 어떤가 싶습니다."

"아메리칸리그요?"

"이건 에이전트 입장 이전에 차지혁 선수를 열렬히 응원하는 팬으로서 하는 말입니다만, 군이 타석에 서야 하는 내셔널리그보다는 안정적으로 투구에만 집중할 수 있는 아메리칸리그가 더 낫다고 판단합니다. 부상의 위험성도 그렇고… 솔직하게 말해서 타격 실력이 뛰어나지 않은 차지혁 선수에게 매 경기마다 타석에 서게 만들어 부담감과 스트레스를 줄 필요가 있나 싶습니다."

황병익 대표의 솔직한 말에 나는 쓴웃음이 나왔다.

확실히 투수로서 투구에만 집중할 수 있는 아메리칸리그가 편한 건 사실이다.

타석에 서지 않으면 그만큼 부상의 위험도 줄어들고, 무엇보다 황병익 대표의 말처럼 타율에 대한 스트레스와 상황에 따른 타격 부담감을 느끼지 않아도 되는 아메리칸리그가 내게 더 잘 맞는다는 건 나 역시 잘 알고 있었다.

하지만 아직까지는 다저스를 떠나고 싶은 생각이 없었다.

"그 문제는 다저스에서 월드시리즈 우승부터 해놓고 생각을 하겠습니다. 지금으로서는 다저스의 선수로서 팀의 우승에 기여하고 싶다는 게 최우선입니다."

다저스에 대한 애정도 그렇고, 수십 년 만에 팀을 우승으로 이끌면 팀 에이스로서의 자부심과 성취감이 무척이나 클 것 같았기에 쉽게 포기하고 싶지 않았다. 그리고 다저스 팬들의 열정적인 응원과 격려 또한 쉽게 배신하고 싶지 않았다.

황병익 대표도 내가 어떤 대답을 할지 알고 있었다는 듯 크게 신경 쓰지 않는 눈치였다.

"알겠습니다. 그 문제는 다저스가 우승하고 나면 다시 한 번 생각해 보도록 하겠습니다."

8월 16일 수요일에 있었던 도미니카 공화국과의 경기는 한국 대표팀의 압승으로 끝났다.

올림픽 4강 진출에 실패한 도미니카 공화국 대표팀은 메이저리거들이 전력에서 이탈하고, 남아 있는 선수들 또한 승리에 대한 의욕이 떨어져 있음으로써 경기 시작 전부터 일찌감

치 한국 팀의 승리를 예견하게 만들었다.

이날의 경기를 끝으로 한국 대표팀은 5승을 거두면서 무난하게 4강 진출에 성공했다.

무엇보다 기쁜 일은 한국의 4강 상대팀이 대만으로 정해졌다는 점이었다.

한국 대표팀에게 있어서 가장 피해야만 하는 상대는 당연히 미국이고, 두 번째가 쿠바다.

그런데 운 좋게도 4강에서 미국과 쿠바를 모두 피할 수 있게 된 거다.

이번 올림픽에서 가장 관심을 받고 있는 선수가 나였다면, 나라로는 대만이 주목받았다.

대만 대표팀은 첫 경기에서 한국 대표팀을 상대로 승리를 챙기기 시작하더니 미국을 제외한 나머지 모든 국가를 상대로 승리를 챙기는 엄청난 선전을 보였다. 특히, 쿠바를 1점 차이로 아슬아슬하게 이긴 것과 퍼펙트 삼진 게임을 당하며 사기가 바닥으로 떨어진 일본을 4점 차이로 넉넉하게 이긴 건 이번 대회 최고의 이변이라 할 수 있었다.

덕분에 한국으로서는 4강에서 대만과 다시 맞붙으면서 패배를 설욕할 기회를 얻게 됐다.

제34회 부산 올림픽 야구 4강 진출팀.

1위 : 미국(7전 7승)

2위 : 대만(7전 6승 1패)

3위 : 한국(7전 5승 2패)

4위 : 쿠바(7전 4승 3패)

결전의 날은 18일 금요일.

장소는 창원 구장.

17일 하루를 휴식한 한국 대표팀은 18일 오전 일찍 창원 구장으로 향했다.

Chapter 2

—세이프! 주심 판정 결과 황정태 선수 홈에서 세이프 판정을 받았습니다. 다시 한 번 비디오 판독 영상이 나오고 있습니다만, 아슬아슬했지만 황정태 선수의 왼발이 조금 더 빨리 홈 플레이트를 스치고 지나가는 게 분명히 보입니다! 황정태 선수의 과감한 홈 쇄도는 오늘 경기에서 보여주고 있는 한국 대표팀 집중력의 결정체라고 해도 과언이 아닐 것 같습니다. 안 그렇습니까, 김장석 해설위원님.

—맞습니다. 황정태 선수는 리드폭을 넓게 가져가지 않았지만, 와일드 피치가 나오는 순간 곧바로 스타트를 끊으면서

홈으로 파고들었습니다. 보통의 경우였다면 홈으로 달려들지 못했을 텐데, 오늘 경기 어떻게든 승리하고 말겠다는 한국 대표팀의 집중력 있는 경기력이 결국은 이렇게 또 한 점을 달아나는 점수를 내고 말았습니다.

─황정태 선수의 득점으로 주자는 3루, 1루에서 2루로 바뀌었습니다. 타석에는 여전히 오늘 중견수로 출장해서 멋진 호수비를 보여줬던 강석민 선수가 서 있습니다. 투 볼 투 스트라이크 상황에서 투수 던졌습니다. 쳤습니다! 바깥 쪽 스트라이크를 잡기 위해 들어온 슬라이더를 가볍게 밀어치는 강석민! 우중간을 깨끗하게 꿰뚫는 2루타 코스입니다! 2루 주자 전영무 홈인! 다시 한 점 추가합니다! 이로서 스코어는 5 대 2! 1점 차까지 바짝 쫓아오던 대만 대표팀의 분위기에 찬물을 끼얹는 한국 대표팀입니다!

최종 스코어 6 : 2.

대만과의 대결에서 한국 대표팀은 승리했다.

지난 경기에서의 패배를 반드시 되갚겠다는 의지와 결승 진출이라는 강렬한 열망이 담긴 경기였다.

경기 초반의 분위기는 팽팽했다.

양 팀의 투수전이라고 해도 과언이 아닐 정도로 높은 마운드의 높이에 타자들은 고전을 면치 못했다.

경기의 양상이 바뀌기 시작한 건 아주 사소한 집중력 차이였다.

가볍게 아웃 카운트를 올릴 수 있는 타구에서 에러를 범하면서 대만의 선발 투수가 먼저 흔들렸고 점수를 내주고 말았다.

점수가 나기 시작하니 대만 타자들도 악착같이 따라붙었다.

3점을 리드하고 있던 한국 대표팀을 7회에 대만 대표팀이 2점을 내며 턱밑까지 바짝 추격해 왔지만, 8회에 볼넷과 와일드 피치가 결국 승부를 가르고 말았다.

결승 진출에 성공한 한국 대표팀의 분위기는 이미 올림픽 금메달을 목에 건 것처럼 좋아했다.

"내일은 무조건 우리가 이긴다! 왜냐면! 우리에게는 세계 최강의 투수 차지혁이 있으니까!"

정현우 선배의 외침에 선수들 모두 크게 웃으며 동의했다.

"저렇게까지 말하는데 부담도 되지 않냐?"

형수가 작은 목소리로 나에게 물었다.

부담은 솔직히 된다.

나도 사람이니까.

그런데 자신감이 더 컸다.

결승 상대는 예상대로 미국이었지만, 내게는 너무나도 익숙한 상대들이었다.

무엇보다 제로백 슬라이더를 구사할 수 있게 된 이상, 내일 경기가 어려울 거란 생각은 들지 않았다.

그리고 그런 내 생각은 정확하게 적중했다.

부웅!

"스윙! 타자 아웃!"

허공에 빈 스윙을 하고 난 테리 레드메인은 믿겨지지 않는다는 표정으로 나를 바라봤다.

워싱턴 내셔널스의 주전 포수이자 내셔널리그를 대표하는 포수로 이름을 날리고 있는 테리 레드메인이었지만 제로백 슬라이더 앞에서는 무기력하기만 했다.

올림픽 결승전, 상대는 역대 최강의 전력이라는 평가가 부족하지 않은 미국 대표팀.

아무리 비교 분석을 해봐도 한국 대표팀이 이길 수 있는 상대가 아니었다.

유일한 희망이라면 역시 내가 선발로 등판해서 미국 타자들을 봉쇄하는 것뿐이지만, 중요한 건 투수가 아무리 9이닝을 퍼펙트로 던진다 해도 점수는 단 1점도 올라가지 않으니 타자들이 점수를 내지 못하는 이상 무승부밖에 될 수 없다는 사실이다.

하지만 9이닝을 무실점으로 완벽하게 막는다는 건 아무리 나라고 해도 장담할 수 없는 부분이다.

최대한 긴 이닝을 무실점으로 막기 위해 노력은 하겠지만, 결과는 어떻게 될지 아무도 알 수 없는 일이니 전문가들 사이에서는 당연히 미국 측의 우세를 점칠 수밖에 없었다.

하지만 내가 일본전을 계기로 제로백 슬라이더를 구사하게 되자 한국 측에 우세를 점치는 이들이 속속 등장했다.

투수가 아무리 잘 막아도 이길 수 없다는 건 달라지지 않는 현실이지만, 중요한 건 과연 막을 수 있느냐와 무조건 막느냐의 차이였다.

단 1점이라도 뽑아야 한다는 것과 단 1점만 뽑으면 된다는 타자들의 심리적 여유가 상대가 미국이라는 것과 결승전이라는 긴장을 풀어줬고, 그만큼 편안한 심리 상태로 경기에 임할 수 있게끔 만들었다.

"스윙! 타자 아웃!"

―우와아아아아아아아아아!

트리플A에서 꽤나 활약하고 있다는 존 오일러가 몸 쪽으로 붙어오는 제로백 슬라이더에 잔뜩 겁을 먹고 우스꽝스러운 스윙으로 물러나고 말았다.

5회 말, 미국의 공격이 끝난 상황에서 나는 단 한 명의 타자도 출루를 허용하지 않았다.

더불어 15명의 타자를 상대로 13개의 삼진을 뽑아내는 엄청난 호투를 보이고 있었다.

퍼펙트 삼진 경기라는 전무후무한 역사적인 경기를 만들어 냈던 일본전과 비교가 될 수도 있지만, 상대가 미국이라는 점과 이미 제로백 슬라이더의 위력을 머릿속에 각인하고 타석에 들어선 미국 타자들을 상대로 단 두 번을 제외한 나머지 열세 번을 모두 삼진으로 잡았다는 것만으로도 대단한 일이었다.

그리고 아무리 제로백 슬라이더가 대단하다고 해도 계속해서 그것만 던질 수도 없기에 미국 타자들은 애초부터 패스트볼, 혹은 그 외의 변화구를 노리고 스윙을 했고 그 결과 단두 명만이 연속 삼진을 당하지 않을 수 있었다.

"자자! 이제 점수 좀 뽑아보자! 단 한 점이면 되잖아!"

대표팀에 차출은 되었지만, 경쟁에서 밀리는 바람에 출전 기회가 적었던 정현우 선배는 오늘 같은 중요한 시합에 주전 2루수로 출전했기 때문인지 무척이나 의욕적이었다.

"현우야, 그러니까 먼저 2루까지만 나가봐. 내가 바로 타점 올려줄 테니까."

이규환 선배의 말에 정현우 선배가 알겠다며 자신 있게 대답했다.

"오늘 분위기 좋다. 그렇지?"

형수가 내 옆에 앉으며 그렇게 말했다.

상대가 미국이고, 결승전이지만 선수단의 분위기는 확실히 밝았다.

"이래서 투수가 중요하다니까. 에이스! 캬아~ 타자들은 절대 들어볼 수 없는 그 말! 좋겠다! 넌 어디가든 에이스라는 소리만 들을 테니까. 흐흐흐!"

실없는 형수의 말에 나는 그저 웃고 말았다.

"그나저나 오늘 루카스 공 죽이네. 벌써 6회가 됐는데도 힘이 빠지질 않네. 역시 투수를 자극하는 건 같은 투수뿐인가 봐."

형수의 말을 들으며 마운드에 오른 미국 대표팀의 선발 투수, 루카스 제임스를 바라봤다.

투수로서는 작다고 할 수 있는 177㎝의 작은 키, 75㎏도 되지 않는 체구, 여자라고 오해를 받을 정도로 고운 턱선과 여심을 자극하는 외모를 가진 루카스 제임스는 겉모습만 보고 있자면 자연스럽게 떠오르는 선수가 있다.

팀 린스컴(Tim Lincecum).

메이저리그 역사상 가장 역동적인 투구폼을 가진 투수 중 한 명으로 샌프란시스코 자이언츠의 프랜차이즈 스타였던 팀 린스컴은 데뷔 이듬해부터 2년 연속 사이영상을 수상했을 정도로 엄청난 활약을 했던 투수다.

그런 팀 린스컴의 그림자가 덧씌워져 보이는 루카스 제임스다.

비록 루카스 제임스가 팀 린스컴처럼 화려하다 싶을 정도의 역동적인 투구폼이나 사이영상 수상과 혹은 월드 시리즈 우승 반지는 없었지만, 평균 구속 97마일에 이를 정도로 빠른 강속구를 구사하는 것과 탬파베이 레이스의 에이스 투수로 굳건하게 자리를 지키고 있는 것만큼은 제2의 린스컴이라 불려도 손색이 없었다.

"그렇지 않아도 작년 시즌부터 탬파베이랑 영 사이가 좋질 않다고 소문이 많았는데 이번 올림픽 출전 때문에 말들이 더 많아지겠지?"

"가능성이 없는 건 아니지."

구단의 요청을 끝까지 뿌리치고 올림픽에 참가한 루카스 제임스였으니까.

"솔직히 말해서 내가 루카스라고 하더라도 구단에 정나미가 뚝뚝 떨어지겠다. 양키스랑 레드삭스라는 거대 공룡 싸움에 끼어서 승수 쌓기도 힘든데 그나마 힘이 되는 야수들을 해마다 이적시키면서 이적료나 챙기는 구단을 어떤 투수가 좋아하겠어? 지혁이 너라고 하더라도 탬파베이는 아니질 않냐?"

"좋다고 할 순 없지. 구단이 탬파베이 한 곳만 있는 것도 아니고."

"그렇지."

메이저리그 6년 차에 접어든 루카스 제임스는 어느 구단을 가더라도 에이스 내지는 준에이스 소리를 들을 정도로 뛰어난 선발 투수다.

탬파베이 지역에서 태어나고 자랐기에 구단에 대한 사랑과 의리로 지금까지 남아 있었지만, 비슷한 수준의 투수들에 비해 터무니없이 부족한 승수와 리그 우승은 꿈도 못 꾸는 구단에게 이제는 지칠 때도 됐다는 말을 마냥 헛소리로만 치부할 순 없었다.

"루카스가 다저스로 온다면 진짜 대박일 텐데. 안 그러냐?"

"말해 뭐 해? 엄청난 전력이지."

"지혁이 너부터 시작해서 딜런 아담스, 존 로더키, 여기에 루카스 제임스까지 가세하면 초호화 선발 라인업 완성이네. 생각만 해도 흐뭇하다. 흐흐흐!"

형수의 말이 맞지만 그럴 가능성은 거의 없다고 확신할 수 있었다.

어딜 가든 1, 2선발 자리를 맡을 수 있는 루카스 제임스가 굳이 다저스에 와서 1선발은 꿈도 못 꾸고 2선발 자리도 치열한 경쟁을 해야 하는 상황을 스스로 자처할 필요가 없기 때문이다.

월드 시리즈 우승에 대한 목마름이 간절하다면 모르겠지만, 그렇다고 다저스가 당장 우승을 할 구단도 아니니 굳이 루카스 제임스가 다저스로 이적까지 할 이유는 없다고 생각 들었다.

'만약 우승을 하고 싶다면 다저스보다는 차라리 메이저리그 최정상급 타선인 샌디에이고가 낫기도 하고.'

내가 그런 생각을 하는 사이 반드시 출루를 하겠다고 호언 장담을 했던 정현우 선배가 삼진을 당하곤 민망한 얼굴로 더그아웃으로 들어왔다.

키도 작고 여리여리한 놈이 뭐 저렇게 공이 빠르냐며 투덜거리는 정현우 선배의 모습에 몇몇 선수들이 피식 웃음을 흘릴 정도로 더그아웃 분위기는 아직까지 좋았다.

"지금으로서는 7회 정도에 루카스의 체력이 떨어질 기다려야겠네."

루카스 제임스의 유일한 단점, 체력.

메이저리그에서도 7회 이후부터는 체력적으로 구속과 구위가 떨어지는 단점을 자주 보였기에 오늘 경기에서 그의 공을 공략하려면 아무래도 7회가 넘어야 할 것 같았다.

결국 한국 대표팀은 6회 초에도 무득점으로 끝이 났다.

6회 말, 마운드에 올라 공을 던졌다.

하위 타선이었고, 7, 8, 9번 타자들이 모두 트리플A에서 활약하고 있는 마이너리거들이었기에 어렵지 않게 삼진 3개를 추가할 수 있었다.

그리고 시작된 7회 초 한국 공격에서는 형수와 황정태 선배가 나란히 안타를 기록했지만 후속 타자들이 내야 뜬공과 땅볼로 타점을 올리지 못하면서 7회에도 무득점으로 이닝이 끝나고 말았다.

'다시 상위 타선부터 시작이네.'

미국 대표팀의 상위 타선은 화려하다.

1번 타자 더그레이 세인트부터 시작해서 2번 토니 브렉맨, 3번 마이크 테일러, 4번 웨인 프레이저까지 올스타 타선이라고 불러도 전혀 손색이 없었다. 이 정도 타선이라면 메이저리그 구단의 어떤 에이스 투수라도 긴장을 할 수밖에 없지만, 오늘만큼은 달랐다.

이렇게 화려한 면면을 자랑하는 타자들 가운데 오늘 내게서 두 번 삼진을 당하지 않은 타자는 더그레이 세인트와 토니 브렉맨밖에 없었으니까.

안타도 아니고 삼진을 두 번 연속 당하지 않은 타자를 말하게 될 줄이야.

타석에 들어선 더그레이 세인트는 평소보다 바깥쪽으로 한 발 정도 물러나서 서 있었다.

몸 쪽으로 파고들어오는 제로백 슬라이더의 위력을 실감하고 내세운 대처다.

당연히 바깥쪽 공에 대한 타격 능력이 떨어질 수밖에 없지만 안타가 아닌 커트에만 집중하면 더그레이 세인트의 배트 스피드나 정교한 타격 센스라면 루킹 삼진을 당할 일은 없었다.

'하지만.'

타자 역시도 평소의 거리감이라는 게 존재한다.

때문에 모든 타자들은 타석에 설 때마다 자신이 서야 할 자리를 귀신같이 찾아간다.

홈 플레이트와의 거리에 대한 오차도 거의 존재하지 않을 정도다.

평소에도 투수의 성향에 맞춰서 스탠스를 변경할 정도로 정교한 타격 기계라 불리는 더그레이 세인트였지만.

문제는…….

부웅!

"스윙! 타자 아웃!"

내겐 제로백 슬라이더만 있는 게 아니다.

제로백 슬라이더에만 모든 신경을 집중한 더그레이 세인트는 투심 패스트볼에 헛스윙을 하며 오늘 경기 두 번째 삼진을 당하고 말았다.

다음 타자, 토니 브렉맨 역시 어설프게 스탠스를 밟고 섰다가 바깥쪽으로 빠지는 킷 패스트볼에 어정쩡한 자세로 헛스윙을 했다.

18K.

미국 대표팀의 자존심이 도저히 용납할 수 없는 경기력 속에서 그가 타석에 들어섰다.

마이크 테일러.

두 번 연속 삼진을 당한 마이크 테일러의 세 번째 타석.

이번만큼은 절대 삼진을 당하지 않겠다는 듯 잔뜩 벼르고 있는 표정과 앞선 더그레이 세인트나 토니 브렉맨과는 전혀 다르게 평소의 스탠스를 밟고 선 타격 위치가 제로백 슬라이더를 전혀 의식하지 않다는 걸 증명하고 있었다.

'어쩌면 의식하지 않으려는 척하는 걸지도 모르지.'

궁금하면 던져 보면 그만이다.

초구부터 몸 쪽으로 바짝 붙이는 제로백 슬라이더 사인을 형수에게 건넸다.

마스크 안쪽에서 형수의 입가가 익살스럽게 웃고 있는 게 보였다.

타자의 헛스윙을 이끌어 냈을 때, 투수만큼이나 포수 역시 짜릿한 쾌감을 느낀다고 하지만 내가 봤을 때 형수는 그 정도가 좀 심한 편인 듯싶었다.

어쩌면 같은 한국인으로서의 동질감이 강해서 그런 건지도 모르겠지만.

로진백을 손에 묻히다 문득, 머릿속을 관통하고 가는 묘한 느낌이 들었다.

'설마 노리고 있는 건가?'

마이크 테일러의 도발적인 태도가 갑작스럽게 신경을 긁었다.

자세히 바라보니 평소보다 하체가 가벼워 보이는 것 같기도 했다.

타석에 선 타자의 하체는 유연해야 하는 건 맞지만, 어느 정도 굳건함을 유지해야 한다.

그래야만 중심 이동이 유연해지고 순간적으로 뿜어져 나오는 허리 회전력의 폭발적인 힘을 지탱할 수 있기 때문이다.

더욱이 장타 위주의 풀스윙을 하는 마이크 테일러의 하체가 가볍다는 건 확실히 의심을 해볼 만한 일이다.

정면 승부를 피할 생각은 없지만, 타자의 노림수에 호락호락 당하고 싶은 생각도 없다.

형수에게 곧바로 다시 사인을 보냈다.

'한가운데 포심 패스트볼로 간다.'

웃고 있던 형수의 눈이 일그러지는 모습이 보였지만, 상관하지 않고 와인드업을 시작했다.

만약 초구부터 제로백 슬라이더를 노리고 있다면.

'발부터 빠지겠지.'

제로백 슬라이더의 특성상 절대로 지금의 타격 위치에서는 정타를 만들어 내기가 쉽지 않다.

막말로 제로백 슬라이더를 조금 낮게 본다면 그저 빠르기만 한 슬라이더일 뿐이다.

다만 강속구와 슬라이더가 더해졌기에 타자 입장에서는 몸 쪽으로 예리하게 꺾여 들어오는 공을 제대로 때려내기가 쉽지 않은 것뿐.

미리 대비하고 뒤로 물러나서 스윙을 한다면 제로백 슬라이더라 하더라도 메이저리그의 정상급 타자들에게 얼마든지 공략당할 수 있다.

물론 뒤로 빠져서 타격을 한다는 게 쉽지는 않지만 말이다.

와인드업을 끝내고 공을 던지자, 기다렸다는 듯 마이크 테일러가 뒤로 한 발 물러나며 허리를 비틀었다.

역시 노렸다.

더그레이 세인트와 토니 브렉맨이 빠져서 서 있던 것이 마이크 테일러의 노림수였던 셈이다.

하지만.

부― 웅!

퍼어― 어어엉!

"스윙!"

마이크 테일러의 노림수를 미리 예상하고 한가운데로 100마일의 포심 패스트볼을 던진 내가 이번 대결의 승자가 되었을 뿐이다.

헛스윙을 하고 난 마이크 테일러는 포수 미트를 확인하고는 얼굴이 붉으락푸르락해졌다.

그가 어떤 노림수로 타석에 섰고 어떤 마음가짐으로 스윙을 했는지는 중요하지 않다.

결과만 놓고 본다면 수많은 관중과 TV를 통해 중계방송을 시청하는 시청자들 앞에서 잔뜩 겁을 집어 먹고는 뒷걸음질을 치며 무식하게 배트를 휘돌린 타자로밖에 보이지 않는다는 사실이다.

톡톡히 망신을 당한 셈이다.

고개를 숙이며 킥킥거리고 있는 형수의 모습이 보였고, 그런 형수를 잡아먹을 듯 노려보는 마이크 테일러의 모습도 보였다.

주심이 가볍게 경고를 주자 그제야 형수가 어깨를 으쓱하고는 내게 공을 던졌다.

'얼굴 터지겠네.'

보기에 안쓰러울 정도로 마이크 테일러의 얼굴이 붉게 물들어 있었다.

거구의 백인이 붉은 노을을 뒤집어 쓴 것처럼 얼굴을 붉히고 있으니 꽤나 볼만했다.

웃지 말아야 하는데 괜히 나 역시 피식 웃음이 나오고 말았다.

애써 심호흡을 하며 타격 자세를 잡는 마이크 테일러였지만, 이미 냉정이 깨져 버린 그는 바깥쪽으로 빠지는 컷 패스트볼과 몸 쪽으로 바짝 붙어 들어오는 포심 패스트볼에 연속으로 헛스윙을 하며 삼구삼진을 당하고 말았다.

"으아아아아아아악!"

콰작!

제 분을 이기지 못하고 배트로 홈 플레이트를 내려친 마이크 테일러는 그것으로도 분이 풀리지 않는다는 듯 이미 반 토막이 나버린 배트마저 과격하게 내던졌고, 그 행동에 주심은 곧바로 퇴장 명령을 내려 버렸다.

반쯤 이성을 잃어버린 마이크 테일러는 주심을 향해 침을 튀겨가며 'F' 발음이 명확하게 보일 정도로 욕설을 퍼부으며 최악의 이미지를 남기고 말았다.

"저 새끼 완전 정신줄 놨네. 흐흐흐!"

형수가 재밌다는 듯 두 명의 코치에게 끌려가는 마이크 테일러를 바라보며 웃었다.

"세 타석 연속 삼진이니까. 무엇보다 방금 타석에서는 초구부터 꼴사나운 모습을 보이고 마지막은 화려하게 삼구삼진을 당했으니 미국만이 금메달의 자격이 있다고 그렇게 거만하게 인터뷰를 하던 놈인데 저럴 만하지. 큭큭큭!"

양동호 선배가 우리 곁으로 다가와 형수만큼이나 재밌다는 눈을 하고 있었다.

어제 대만과의 경기에서 호투를 보여주었던 양동호 선배였기에 이번 올림픽에서 자신의 몫은 충분히 했다 여기는지 일부 불편해 보이는 선수들과는 전혀 다르게 무척이나 얼굴이 편안해 보였다.

"그나저나 지혁아."

양동호 선배가 은근한 눈길로 날 바라봤다.

"예. 선배님."

"그냥 편안하게 형이라고 부르라니까."

"예."

"현우 말대로 시간이 좀 필요하겠네. 어쨌든 너 말이야, 제로백 슬라이더 비법 좀 알려주라."

"그게⋯⋯."

알려주는 건 어렵지 않다.

다만 알려준다고 던질 수 있는 투수가 과연 몇이나 될까 싶을 뿐이다.

기본적으로 100마일의 공을 던질 수 있는 강속구 투수여야 하고, 컨트롤도 가능해야 한다.

이 전제 조건이 깔리지 않는 이상은 어느 누구도 제로백 슬라이더를 던질 수가 없다.

아무리 내가 가르쳐 준다고 해도 결국은 그저 그런 슬라이더밖에 되지 않을 테니까.

그런 걸 모를 양동호 선배가 아니다.

그럼에도 이렇게 묻는다는 건, 혹시나 하는 생각이 머릿속에 가득했기 때문일 거다.

"제로백 슬라이더는……."

어차피 숨길 것도 없고, 그럴 이유도 없었기에 솔직하게 말했다.

내 설명을 모두 듣고 난 후에야 양동호 선배가 입맛을 다셨다.

"역시 그렇지? 그럴 줄 알았다."

뭔가 다른 방법이 있다거나, 혹은 슬라이더의 무브먼트를 조금 더 다듬을 수 있지 않을까 했던 마음이 고스란히 전해졌다.

"괜한 소리 해서 미안했다. 그래도 네 말을 들으니까 다행이란 생각도 좀 든다."

"예?"

"이 세상에서 제로백 슬라이더를 던질 수 있는 투수는 오직 너 한 사람뿐이잖아? 나만 못 던지는 게 아니라 누구도 못 던진다고 생각하니까 속이 시원해서! 큭큭큭!"

양동호 선배의 말에 나는 벙찐 표정을 감추지 못했다.

"짜식 그런 표정 지으니까 이제야 좀 귀엽네! 아! 그리고 이왕이면 지금처럼 퍼펙트로 끝내라. 파이팅!"

내 볼을 톡톡 건드리고 몸을 돌리는 양동호 선배의 모습에 곁에 서 있던 형수가 웃겨 죽겠다는 듯 배를 잡고 웃어댔다.

"천하의 차지혁도 대선배 앞에서는 귀엽기만 한 후배였어! ㅎㅎㅎㅎ!"

처음이었다.

나를 귀여운 후배 취급해 준 사람은.

온몸에 이상한 벌레가 바글거리는 느낌이 들었다.

따악!

드디어 터졌다.

철벽처럼 막아서고 있던 루카스 제임스가 흔들리기 시작했다.

나와 형수의 예상보다 한 이닝 더 늘어난 8회가 되어서야 루카스 제임스의 체력이 떨어졌고, 곧바로 이전까지 준수하게 유지해 왔던 제구력에 문제가 생겼다.

선두 타자에게 볼넷을 허용하고 후속 타자에게 곧바로 2루타를 맞고 나서야 미국 대표팀에서 투수를 교체했다.

어쩔 수 없는 선택이었다.

7회까지 잘 던지고 있던 투수를 갑작스럽게 8회에 교체할 수도 없는 노릇이고, 볼넷을 줬다는 이유로 마운드에 올라가는 것도 투수를 믿지 못하게 만들어 심리적으로 흔들리게 만들 수 있기 때문이다.

잘 막았지만 여기까지가 루카스 제임스의 한계다.

선발 투수가 7회를 무실점으로 막았으면 정말 자신의 몫을 모두 해준 셈이다.

아쉬운 눈으로 마운드를 내려가는 루카스 제임스를 향해 진심으로 박수를 쳐 주고 싶었다.

무사 2, 3루 상황에서 루카스 제임스의 뒤를 이어 마운드에 오른 투수는 보스턴 레드삭스에서 불펜 투수로 좋은 성적을 기록하고 있는 로하 벨라지오였다. 좌완 특급 불펜이라는 소리를 듣고 있는 로하 벨라지오였기에 위기 상황이지만 한 번 정도는 믿어봄직한 투수인 건 분명했다.

반대로 한국 대표팀은 곧바로 3루 주자를 발 빠른 선수로 교체하면서 어떻게든 외야로 공을 보내기 위한 작전을 펼쳤고, 그 결과 아웃 카운트를 하나를 남겨두고 겨우 희생 플라이를 만들어 내면서 소중한 1점을 득점할 수 있었다.

그리고 이어진 8회 말 수비에서는 부담스러울 정도의 동료들의 믿음에 부합하는 피칭으로 삼진 2개와 내야 땅볼 하나로 무실점 행진을, 그리고 퍼펙트게임을 이어나갈 수 있었다.

9회 초 한국 팀의 공격은 눈 깜짝할 사이에 지나갔고, 정규 이닝 마지막 수비가 시작됐다.

"이제 마지막이다. 이번 수비만 끝내면 올림픽 금메달이다. 깔끔하게 마무리하자, 지혁아!"

형수의 말에 나는 웃는 얼굴로 고개를 끄덕였다.

올림픽 금메달.

절대 별것 아닌 일이 아니다.

전 세계적으로 국위선양을 할 수 있는 일이고, 그 보답으로 군대 면제를 받을 수 있으니까.

물론 야구 따위로 무슨 국위선양이라고 목소리를 높일 이들도 있을 것이다.

그러면 난 그들에게 이렇게 말해주고 싶다.

당신은 나라를 위해 무엇을 했는가?

어차피 군대 면제라는 혜택을 노린 것이 아니냐고 하겠지만, 반대로 그만큼의 혜택을 나라에서 걸었다는 점을 신중하게 생각해 봐야 하지 않을까?

마운드에 서서 야수들을 돌아봤다.

모두의 얼굴에 밝은 웃음이 엿보였다.

군대 면제 혜택을 받지 못하는 이들이 더 많은 고참 선수들이 수두룩했지만, 그들이 얼굴엔 자랑스러움이 가득 담겨 있었다.

　―차지혁! 차지혁! 차지혁! 차지혁! 차지혁! 차지혁!

　부산 사직 구장이 들썩거릴 정도로 내 이름을 외치는 관중들의 얼굴에도 긴장감보다는 뿌듯함과 자랑스러움, 행복감이 더 많이 담겨 있었다.

　고작 1점 차이밖에 나지 않는 상황이었지만, 모두가 믿어 의심치 않는다는 사실이 부담되기보단 내 가슴을 뻐근하게 만들었다.

　날 이렇게까지 믿고 있구나.

　내가 저들에게 정말 과분할 정도로 신뢰를 받고 있구나.

　이미 한국 대표팀이 금메달을 목에 건 것처럼 들떠 있는 상황 속에서 타석으로 타자가 들어섰다.

　세계 최강국이라는 자부심을 평생 담고 살아왔을 미국 타자조차 지금 이 순간에는 잔뜩 위축되어 주눅 든 모습이 눈에 보였다.

　만약 마운드에 서 있는 투수가 내가 아니었어도 저런 모습을 보였을까?

　오만하다 부를지 모르겠지만, 고개가 저어졌다.

　이 상황을 뒤집고 말겠다는 자신감과 의욕적인 모습으로 타석에 들어섰을 가능성이 컸다.

가볍게 숨을 토해내고는 피처 플레이트에 왼쪽 다리를 올렸다.

'멋지게 마무리하는 거야.'

퍼펙트게임이 되지 않아도 좋다.

안타를 맞아도 좋고, 출루를 허용해도 좋다.

1점.

단 한 점만 지켜내면 된다라는 생각으로 올림픽 마지막 이닝을 시작했다.

Chapter 3

　올림픽 금메달을 목에 걸자 이상할 정도로 감정이 흥분됐다.

　대전 호크스에서 한국 시리즈 우승을 했을 때에도 느껴보지 못했던 감정이었고, 메이저리그에서 신인상, 사이영상, 시즌 MVP를 받았을 때에도 느낄 수 없는 흥분감이 있었다.

　다시는 느껴볼 수 없을지도 모를 감정이었다.

　올림픽 금메달로 인해 받은 포상금으로 밤새도록 대표팀 회식이 예정되어 있었지만 나는 중간에 빠져나왔고, 곧장 부모님과 안젤라가 기다리고 있는 호텔에서 조촐하게 가족끼리 축하 파티를 즐겼다.

"내 아들! 자랑스러운 우리 아들! 고맙다!"

살짝 취기가 오른 아버지는 연신 내게 고맙다는 말을 했고, 어머니 또한 눈물을 글썽거리며 그동안 고생이 많았다며 날 다독여 주셨다.

"구단에서도 엄청 좋아하겠네?"

"아시안 게임이 있어서 크게 걱정하고 있지는 않았겠지만, 미리 이런 상황이 되었으니 나쁠 이유는 없겠지. 어쩌면 아시안 게임에 차출시키지 않아도 된다고 좋아할 수도 있겠네."

그래도 오빠 일이라고 제법 알아봤는지 지아는 내 말을 알아들었다는 듯 고개를 끄덕이며 탄산음료수를 홀짝였다.

"그런데 오빠."

"응?"

"결혼은 언제 하려고?"

"뭐?"

갑작스러운 질문에 음료를 뿜어낼 뻔했다.

나도 모르게 어머니의 손을 잡고 있던 안젤라를 바라보기도 했다.

"오빠에게 언니가 훨씬 과분하다는 거 오빠도 알지?"

"알지."

외모, 성격, 능력 어느 것 하나도 부족함이 없는 여자가 안젤라라는 걸 나도 잘 알고 있다.

그나마 당장은 내가 유명세가 더 높고 경제력도 좋지만 말 그대로 현재의 일일 뿐이다.

향후 몇 년 후에는, 그리고 십 년이 지나고 이십 년이 지나면 얼마든지 역전이 될 일이었다.

생명력이 짧은 운동선수의 한계인 셈이다.

"언니가 그랬어. 오빠랑 결혼하고 싶다고."

다시 한 번 당황스러웠다.

"안젤라가?"

지아는 장난기 없는 얼굴로 고개를 끄덕였다.

"응. 언니는 처음부터 유명한 연예인 생활을 꿈꾸지 않았다고 하던데? 할 수만 있다면 그냥 지금이라도 은퇴하고 오빠랑 같이 행복하게 살고 싶다고 했어."

세 번째 당황.

안젤라가 그렇게 말을 했다는 게 믿기지 않았지만, 심장은 이미 누군가 방망이질을 하는 것처럼 미친 듯이 두근거렸다.

정말로 안젤라가 지아에게 나와 결혼하고 싶다는 말을 했다고?

다시 안젤라를 바라보니 그녀는 나와 지아의 이야기를 전혀 듣지 못했는지 어머니와 대화를 나누고 있었다.

"솔직히 말해봐. 오빠도 언니랑 결혼하고 싶지?"

"그, 그건……."

괜히 얼굴이 뜨거워지는 것만 같았다.

갑작스러운 질문이었지만, 확실히 안젤라와 결혼해서 안정적인 결혼 생활을 하고 싶다고 생각한 적이 있는 건 사실이다.

다만 자신의 일이 있고 그 일에 최선을 다하며 행복해하는 안젤라에게 결혼이라는 치명타를 남겨주고 싶지 않았다.

이제 막 뜨기 시작한 젊은 여자 배우가 결혼을 한다면 그 인기가 얼마나 유지될까?

아무리 생각해 봐도 유지는커녕, 당장 곤두박질 칠 것만 같았다.

"언니는 연예인 생활을 그렇게 즐거워하지 않는 것 같아. 모델로서 활동하는 건 좋은데, 오랜 시간 영화 촬영을 해보니까 생각만큼 즐겁지 않다고 했어."

"그럴 리가."

"왜?"

"사실은……."

나는 지아에게 안젤라가 호주에서 6개월 동안 영화 촬영을 했던 이야기를 말해주었다.

"그러니까 오빠는 언니가 영화 촬영하는 기간 동안 전화를 할 때마다 밝은 목소리로 즐겁게 말을 했다는 거지? 그래서 그걸 증거로 언니가 영화 촬영을 행복하게 여기고 있다는 거고?"

"응."

내 대답에 지아가 한심하다는 듯 날 쳐다봤다.

"그럼 언니가 힘들다고 오빠한테 투정부리고, 눈물 섞인 목소리로 말을 해야 오빠는 '아~ 안젤라가 영화 촬영을 굉장히 힘들어하는 구나' 라고 생각할 거야?"

"그건 아니고……."

"오빠는 오빠가 힘들다고 고스란히 안젤라 언니한테 다 말하고 그럴 수 있어?"

지아의 말에 그제야 나는 내가 무엇을 잘못 생각하고 있는지 깨달았다.

배려.

안젤라는 내가 걱정하고 신경 쓸까 봐 힘들어도 힘들다는 투정 한 번 한 적이 없었던 거다.

'그때 설마?'

영화 촬영을 마치고 곧바로 LA로 왔을 때, 안젤라가 내게 영화 촬영이 힘들었다며 다시는 못 할 것 같다고 했던 하소연이 은근히 진심을 보인 거란 말인가?

"오빠도 머리가 있으면 생각 좀 해봐. 안젤라 언니처럼 인기를 얻고 있는 여배우가 스케줄이 없어서 이렇게 오랜 시간 한국에서 머물겠어?"

"그야……."

"그야 뭐? 미리 스케줄 조정을 끝냈다는 언니 말? 그걸 그
대로 또 믿고 있었냐? 상식적으로 지금 안젤라 언니의 행동을
생각해 봐. 지금 언니가 오빠에게 어떤 신호를 보내고 있는지
좀 깊게 고민 좀 해보라고! 이 답답한 인간아!"

버럭 소리를 내지르는 지아로 인해 취기를 이기지 못하고
잠이 든 아버지를 제외한 어머니와 안젤라가 무슨 일이냐는
듯 우리를 바라봤다.

"넝쿨째 굴러온 황금을 돌같이 바라보는 멍청한 짓 좀 작
작해."

지아는 나를 바라보며 그렇게 낮게 으르렁거리고는 어머
니와 안젤라의 곁으로 웃는 얼굴로 다가갔다.

예전부터 그랬지만 지아는 정말 제 나이 또래의 여자애들
과는 너무나도 다른 생각을 갖고 있는 것 같았다. 좋게 말하
면 철이 일찍 들었다는 건데, 그 이유가 어쩐지 나 때문인 것
같아서 마음이 좋진 않았다.

그나저나 안젤라가 내게 신호를 보내는 거라고?

지아의 충고를 받아들여 심각하게 고민을 하고 있는 내 곁
으로 안젤라가 다가왔다.

"피곤하지 않아요?"

"괜찮아요."

"다시 한 번 진심으로 금메달 딴 거 축하해요."

"미국 대표팀을 상대로 퍼펙트게임을 했는데 정말 조금도 내가 밉지 않아요?"

"그 상대가 누구냐에 따라 다르죠. 척은 내가 사랑하는 남자잖아요."

예쁘게 웃는 안젤라의 모습에 나는 고맙다며 마주 웃었다.

"내일 미국으로 돌아간다고 했죠?"

"척의 경기도 다 끝났으니까 더 이상 한국에 남아 있을 핑계거리가 없어요."

아쉬움이 가득한 안젤라의 말이었다.

"한국 관광은 괜찮았어요?"

안젤라가 내 어깨에 머리를 기대왔다.

"정말 행복한 시간이었어요. 척의 부모님과 지아가 너무 잘 대해줘서 이렇게까지 즐거운 여행을 했던 적이 있었나 싶어요. 내가 생각했던 것보다 한국이라는 나라가 더 좋았던 것도 있었고, 무엇보다 척이 태어나고 자란 나라를 내 눈으로 직접 보고 경험할 수 있다는 게 너무 좋았던 것 같아요."

진심이 느껴지는 안젤라의 말에 나 역시 안심이 됐다.

올림픽 경기에 집중해야 했기에 그녀를 너무 방치한 것 아닌가 하는 걱정이 있던 건 사실이다. 다행스럽게도 부모님과 지아가 내 몫을 충분히 해주고도 남은 것 같아서 다시 한 번 고마운 마음이 들었다.

안젤라와 이런저런 이야기를 하다가 조심스럽게 말을 꺼냈다.

"혹시 말이에요. 안젤라는 지금 생활에······."

말을 하다 작게 들리는 안젤라의 숨소리에 집중했다.

시계를 바라보니 어느덧 새벽 2시 반이 넘은 상태였다.

충분히 피곤하고 졸릴 시간이었다.

안젤라의 부드러운 머리카락을 쓰다듬으며 작게 말했다.

"나와 결혼할래요?"

*　　　*　　　*

안젤라는 오전 비행기로 미국으로 돌아갔고, 공항까지 배웅을 하는 동안 나는 그녀의 손을 항상 잡고 있었다.

부모님은 그런 우리의 모습을 그저 흐뭇하게 바라보셨고, 지아는 틈이 날 때마다 안젤라에게 잘하라는 경고를 했다.

안젤라가 떠나고 나 역시 오후에 형수와 함께 다저스 구단주가 보내준 전세기를 타고 LA로 비행을 시작했다.

굳이 전세기까지 보내줄 필요는 없었는데 구단에서는 힘들게 올림픽 경기를 치른 나와 형수에 대한 배려라며 편안하게 돌아올 것을 요구했다.

그렇게 나와 형수가 LA로 향하는 사이 제34회 부산 올림픽이 폐막식을 가졌다.

한국은 종합 순위 6위를 기록하며 선전했지만, 대다수의 언론은 아직까지도 미국 대표팀을 상대로 퍼펙트게임을 기록한 내 이야기로 시끌시끌했다.

"이래서 친구 따라 강남 간다는 말이 있는 모양이다."

무슨 소리냐는 듯 형수를 바라보니 녀석이 '흐흐' 거리며 웃었다.

"친구 잘 둬서 내가 이런 호강을 계속 받는 거 아니냐? 솔직히 말해서 너 아니었으면 4강이나 올라갔겠냐? 어쨌든 고맙다. 네 덕분에 군대 면제도 일찍 받게 됐고, 확실히 네가 미국으로 오면서 내 인생도 확 풀리는 것 같다. 그래서 부탁인데, 어딜 가더라도 나 좀 데리고 다녀라. 알겠지?"

형수의 말에 나는 피식 웃고 말았다.

역시 전세기라 그런지 편안한 비행을 즐길 수 있었다.

"24일 애틀란타 원정 첫 경기 선발이라고 했지?"

오전에 게레로 감독이 직접 전화를 줘서 내게 일정을 상의했었다.

24일이면 선발로 마운드에 오르기엔 문제가 없었기에 그러겠다고 말을 해둔 상태였다.

"급할 만도 하지. 너 없는 사이에 샌디에이고가 1경기 차이로 바짝 추격했다고 하니 하루라도 일찍 널 등판시키고 싶겠지."

내셔널리그 서부 지구는 굉장히 치열한 순위 다툼을 벌이고 있었다.

올 시즌 대대적으로 전력을 보강한 샌디에이고 파드리스의 상승세가 LA 다저스의 1위 자리를 매 경기마다 위협하고 있었기 때문이다.

작년 시즌에는 샌프란시스코 자이언츠가 시즌 막판까지 애를 먹이더니 이번에는 샌디에이고가 한순간도 긴장을 놓을 수 없게 만들고 있었다.

"어?"

핸드폰을 만지작거리던 형수가 깜짝 놀라며 소리쳤다.

"왜?"

"지혁아! 이것 좀 봐봐!"

형수의 다급한 음성에 무슨 일인가 싶어 자리에서 일어나 형수의 곁으로 걸어갔다.

형수가 내게 내민 핸드폰 화면에는 밀워키 브루어스의 경기에 대한 기사가 담겨 있었다.

기사 내용은 밀워키 브루어스가 세인트루이스 카디널스를 상대로 승리했다는 거였다.

그중 주목할 만한 건 이날 마이너리그에서 갓 올라온 투수가 데뷔전에서 세인트루이스 카디널스의 막강한 타선을 상대로 8이닝 무실점을 기록했다는 사실이다.

"제리 송?"

데뷔전에서 세인트루이스 카디널스를 상대로 8이닝 무실점의 호투를 보인 신인 투수가 동양인이라는 점과 이름이 제리 송이라는 것 역시 관심을 끌기는 했지만, 이게 그렇게 놀랄 일인가 싶었다.

아, 한 가지 더 있긴 했다.

8이닝 무실점 호투만큼이나 놀라운 타격 능력이었다.

무려 3타수 3안타. 그중 하나는 홈런까지 기록을 했으니 흔한 말로 제대로 미쳐서 날뛴 경기였다.

"누군지 모르겠어?"

형수의 말에 무슨 소리냐는 듯 바라봤다.

"누군데?"

"사진 잘 봐봐. 생각나는 사람 없어?"

기사에 실린 사진을 확대했다.

어깨까지 오는 긴 머리카락의 제리 송은 살짝 마른 느낌이 드는 날카로운 인상의 동양인이었다.

특히 뺨에는 징그러울 정도로 선명한 흉터 자국이 있었는데 그 덕분에 더욱더 인상이 사납게 보이기도 했다.

"모르겠어?"

"글쎄. 잘 모르겠는데?"

"잘 봐봐! 머리카락이 좀 짧고, 살집을 붙여봐. 분명 생각나는 사람이 있을 거야!"

형수의 말에 그게 쉽냐는 듯 인상을 찌푸리고는 이미지를 그려 나갔다.

그러길 얼마 지나지 않아서 희미하게 떠오르는 사람이 있었다.

"…송종섭?"

내 말에 형수가 고개를 끄덕였다.

"분명해! 제리 송? 웃기고 있네! 그 새끼 송종섭이야!"

형수의 확신에 찬 음성에 나 역시 놀란 표정을 감출 수가 없었다.

다시 기사를 자세히 읽어봤다.

이날 경기에서 제리 송, 그러니까 송종섭은 최고 구속 98마일까지 나오는 강속구를 던졌다고 했다. 여기에 세인트루이스 카디널스의 타자들을 상대로 10개의 탈삼진을 기록했고, 단 4개의 피안타만 허용함으로써 무척이나 인상적인 메이저리그 데뷔전을 치렀다고 했다.

무엇보다 놀라운 사실은.

"외야수?"

기사 말미에 적혀 있는 내용이었다.

　송종섭은 선발 투수이면서도 외야수로서 내일 경기에도 출장이 가능하다고 했다.

　"도대체 그동안 무슨 일이 있었던 걸까? 그리고 외야수는 도대체 또 뭐야? 궁금해서 미치겠네!"

　형수만큼이나 궁금한 건 나 역시 마찬가지였다.

　송종섭의 이름을 이렇게 메이저리그에서 듣게 될 줄은 꿈에도 생각해 보지 못했던 일이었으니까.

Chapter 4

　LA에 도착하니 예상하지 못했던 이들이 나와 형수를 환영해 주었다.

　LA에 거주하고 있는 한인단체부터 시작해서 다저스 구단, 다저스 팬들까지 수백 명이나 되는 환영인파가 공항에 모여 있었다.

　한인단체야 뭐 그럴 수 있다 싶다.

　같은 한국인이니 당연히 금메달을 딴 것에 대한 축하를 해 줄 수 있었으니까.

　다저스 구단과 다저스 팬들은 솔직히 의외였다.

어쨌든 여긴 미국이다.

결승전 상대인 미국 대표팀을 퍼펙트게임으로 누르고 금메달을 땄으니 다저스 구단에서야 좋아도 좋은 척을 내기 쉽지 않았고, 다저스 팬들 또한 괜한 악감정에 시달릴 수 있으니 이렇게 뻑적지근하게 나와 형수를 공항에서부터 맞이해준다는 건 단 한 번도 생각해 보지 못한 문제였다.

"차지혁 선수! 장형수 선수! 올림픽 금메달 진심으로 축하드립니다! 같은 한국인으로서 이렇게까지 자랑스럽고 뿌듯했던 자부심을 느끼게 해주셔서 감사합니다!"

단 한 번도 본 적 없었던 한인단체의 회장이라는 사람의 축하를 받으며 나와 형수는 억지웃음을 지어야만 했다.

"금메달 축하합니다."

다저스 구단 측에서는 맥브라이드 단장이 직접 직원들과 함께 나왔다.

"괜한 구설수에 오르진 않겠습니까?"

걱정스러운 내 말에 맥브라이드 단장은 신경 쓸 필요 없다며 날 안심시켰다.

"올림픽에서 보여줬던 활약만큼 다저스 구단에서 평생 활약을 해주길 바랍니다!"

LA 다저스 공식 서포터즈 회장이라는 백인 남자가 그렇게 말하며 나와 악수를 했다. 딱 봐도 전형적인 미국인이었지만,

그는 미국의 패배보다는 다저스의 오랜 승리를 더욱더 바라는 것처럼 보였다.

고맙기도 했지만, 부담스러운 환영 인사였다.

LA 지역 언론의 기자들도 얼마나 많이 참석을 했는지 연신 카메라를 찍어대며 나와 형수에게 인터뷰를 했고, 장장 2시간 정도를 시달린 끝에야 겨우 집으로 돌아올 수 있었다.

"비행보다 더 힘들다."

집으로 들어선 형수가 짐을 대충 내려놓고는 소파에 늘어지듯 주저앉았다.

"미리 귀띔이라도 해줬으면 좋았을 텐데."

"뒤로 빠져나가려고?"

형수의 물음에 굳이 대답할 필요가 있냐는 듯 웃었다.

내 웃음에 형수도 낮게 웃음을 흘렸다.

"이제 올림픽도 끝났으니까 이번 시즌 경기만 잘 마무리하는 일만 남았네. 지혁아! 올해는 반드시 우승하자! 올해는 뭘 해도 될 것 같은 그런 좋은 느낌이 팍팍 든다! 지구 우승부터 하고 챔피언십도 먹고, 월드 시리즈까지 우승해서 올 시즌 최고의 한 해를 만들어 보자!"

"그래야지."

"40년 만에 다저스를 우승으로 이끈 한국인 배터리! 크아

~ 죽인다! 호호호호!"

형수는 벌써부터 월드 시리즈를 우승이라도 한 것처럼 좋아했다.

삑 삑 삑 삑 삑 삑 삑 삑.

현관문 비밀번호를 누르는 소리에 나와 형수가 깜짝 놀라는 사이 문이 열리면서 익숙한 얼굴이 집 안으로 들어섰다.

"어머? 벌써 오셨네요?"

주혜영이었다.

그녀는 양손 가득 짐을 들고 있었고, 형수가 튕기듯 일어나더니 짐을 빼앗듯이 낚아챘다.

"누님! 뭘 이렇게 잔뜩 사오셨어요?"

"오후에나 오실 줄 알았는데 제가 너무 늦었네요."

우리가 오늘 날짜에 맞춰서 이것저것 음식을 장만해 두려고 했던 게 분명했다.

형수는 벌써부터 주혜영과 함께 주방으로 들어가선 뭘 하려고 했냐며 기대에 가득 찬 음성으로 그렇게 대화를 나누고 있었다.

굳이 나까지 끼어들 필요가 없었기에 나는 조용히 짐을 챙겨서 내 방으로 들어갔다.

짐 정리를 마치고 간단하게 샤워를 끝낸 후에 긴 비행으로 굳은 몸을 풀기 위해 스트레칭부터 시작했다.

올림픽에 출전을 했다가 돌아왔기에 나와 형수는 내일 저녁 애틀란타 원정에 합류하기로 되어 있었다. 무엇보다 24일 애틀란타 원정 첫 경기부터 나와 형수가 선발로 출전을 해야 했기에 팀 훈련은 빠지더라도 컨디션 조절은 반드시 해놔야만 했다.

스트레칭 이후 약간의 런닝과 맨손 체조로 몸을 충분하게 풀고 있을 때, 형수가 나타났다.

"밥 먹자! 누님이 완전 상다리가 부러지도록 맛있는 것들로 잔뜩 차려놨다! 흐흐흐!"

이제는 웬만한 음식점 음식보다 주혜영의 음식을 더 좋아하는 형수였다.

'맛있긴 하지.'

그리고 그건 나 역시 마찬가지였다.

나와 형수, 그리고 주혜영이 함께 저녁을 먹으니 그제야 LA로 돌아왔다는 실감이 들었다.

"종섭이 말이야."

형수가 조용히 입을 열었다.

쉐도우 피칭을 하던 중이라 대답 대신 그냥 듣기만 했다.

"하도 궁금해서 어제 밀워키에 아직 연락하고 있는 코치 한 명이 있어서 물어봤거든. 구단 측에서는 투수보다는 타자로서의 성공 가능성을 더 높게 평가하는 것 같다고 하더라.
마이너리그에서도 투수 쪽보다는 타자 쪽에서 더 성적이 좋
았다고 하더라고."

손가락에 걸어뒀던 천을 풀며 형수를 바라봤다.

"아직까지 연락하는 밀워키 쪽 코치가 있었어?"

"내가 말 안 했었나? 벨라지오라고 마이너리그에서 막 올
라왔을 때, 내 타격 봐주면서 조언을 해주던 코치 있어. 성격
도 엄청 시원시원하고 좋은 사람이야. 유망주들이 마이너리
그에서 콜업되어 올라오면 적응하기 쉽도록 꽤 신경을 써주
는 사람이라서 밀워키 코칭스태프 중에서는 젊은 선수들이
가장 잘 따르는 코치야. 그리고 어차피 메이저리그에서 한솥
밥 먹는 사이인데 굳이 연락을 매정하게 끊을 필요가 없잖아.
막말로 선수만큼이나 코치들도 타 구단으로 잘 옮기는데 언
제 또 어디서 만날 줄 알겠어? 인간관계라는 게 다 둥글둥글
그렇게 가는 것 아니겠냐?"

형수다운 생각이었고, 반박할 이유가 전혀 없는 옳은 소리
이기도 했다.

그나저나 타자 송종섭이라.

이건 정말 의외라 할 말이 없었다.

하긴, 생각해 보면 투수에서 타자로 전향하는 일은 생각보
다 많았으니까 그리 놀랄 일도 아니다.

고등학교 2학년 때 자퇴를 하고 미국으로 건너간 송종섭이다.

시기상으로 얼마든지 새출발을 할 수 있었다.

처음부터 야구를 하지 않았던 생초보가 아니니까 스스로의 노력 여하에 따라 마이너리그의 문을 두드려 볼 순 있었을거다. 거기에 미국 야구 시스템은 한국보다 훨씬 방대하고 자유로웠기에 마이너리그에서 조금만 눈에 띄면 얼마든지 메이저리그 구단과 계약이 가능했으니까.

중요한 건 송종섭이 투수로서의 가능성과 타자로서의 가능성을 모두 보였다는 점이다.

신인 투수가 8이닝 무실점의 호투를 보인다는 건 정말 쉽지 않은 일이다.

이 정도면 초특급 투수 유망주라고 하더라도 절대 쉽지 않은 데뷔전이다.

그리고 어제 있었던 경기에서 기사 내용처럼 송종섭은 우익수로 선발 출장을 했다.

3타수 1안타.

데뷔전만큼이나 완벽한 타격 능력을 보이지는 못했지만, 분명 타자로서 기대를 해볼 만한 결과였다. 다만, 수비적인 문제에서 송종섭은 부족한 면이 좀 많이 보였다. 투수다 보니 강인한 어깨에서 시작되는 송구는 기가 막혔지만, 아직까지 마음 놓고 외야 수비를 맡기기엔 불안한 점이 보였던 건 사실이다.

어쨌든 밀워키 브루어스에서 송종섭을 상당히 띄우려고 한다는 느낌은 확실하게 받았다.

그렇지 않다면 아무리 능력이 좋다 하더라도 전날 선발 투수로 8이닝을 던진 투수를 다음날 곧바로 우익수로 선발 출전시킨다는 건 말이 안 되는 일이었으니까.

그렇다면 왜 밀워키 브루어스에서 송종섭을 띄우려고 할까?

구단에게 있어 선수는 곧 상품이다.

즉, 밀워키 브루어스에서는 송종섭을 시즌 후반기에 최대한 많이 노출시키면서 타 구단들의 관심을 받게 하려는 속셈인 거다.

"아직 이른 판단이지만 송종섭이 지난 두 경기에서처럼만 활약을 해준다면야 트레이드 카드로서 정말 좋은 역할을 하겠지만, 밀워키에서 뭘 노리고 송종섭을 애초부터 다른 구단으로 보낼 생각을 하는 걸까?"

형수의 말에 나 역시 동감한다는 듯 고개를 끄덕였다.

섣부른 예측이지만, 송종섭은 투수나 타자로서의 쓰임새가 충분히 높았다. 물론 시간을 두고 꾸준히 경기 결과를 두고 봐야 할 일이지만, 우선 강속구를 던지면서 긴 이닝을 소화할 수 있다는 점, 타자로서의 능력이 결코 평범하지 않다는 점을 봤을 때 굳이 시장에 내놓을 필요가 있나 싶었다.

더욱이 세인트루이스 카디널스라는 강팀이 버티고 있는 내셔널리그 중부 지구에서 밀워키 브루어스가 살아남으려면 송종섭처럼 쓰임 많은 선수는 굉장한 이득이 될 수밖에 없는데 말이다.

"어쩌면 트레이드가 아닐 수도 있지."

내 말에 형수가 배트를 휘두르다 날 바라봤다.

"그럼?"

"제대로 된 보직을 확실하게 잡기 위한 테스트일 수도 있지 않겠어?"

"테스트? 음… 그런가?"

투수로서의 가능성, 그리고 타자로서의 가능성.

확실하게 하고 싶은 것일지도 모른다.

아무리 송종섭이 투타에서 모든 가능성을 지니고 있다 하더라도 메이저리그에서 살아남으려면 결국은 하나를 확실하게 선택해야만 한다.

메이저리그는 절대 물렁물렁하지 않다.

투수와 타자를 모두 하겠다는 욕심을 부리면 한순간 반짝했다가 사라져 버릴 가능성이 무척이나 높았다.

밀워키 브루어스에서는 송종섭에게 투수로서의 기회, 타

자로서의 기회를 모두 주고 있는 것일지도 몰랐다. 더욱이 현재 선발진이 완전히 붕괴된 밀워키 브루어스로서는 올 시즌, 지구 우승은 고사하고 와일드카드조차 거의 불가능에 가까웠으니 내년 시즌을 구상하며 선수를 기용해 볼 필요성이 있었다.

확실한 건 하나다.

송종섭이 밀워키 브루어스에서 제대로 된 기회를 잡았다는 것.

매년 많은 마이너리거들이 실력이 있음에도 운이 따라주질 않아 빅리그에서 자신의 실력을 보여줄 기회조차 얻지 못하니, 송종섭은 그런 선수들과 비교했을 때 무척이나 큰 행운을 잡았다고 할 수 있었다.

"에이! 모르겠다! 더 이상 그 새끼한테 관심 안 줄란다. 당장 나도 확실하게 주전이 아닌 상황에서 남 신경 쓸 시간이 어딨어!"

머릿속이 복잡해지자 형수가 신경질을 부리며 배트를 휘두르기 시작했다.

부웅! 부웅! 부웅! 부웅!

바람을 가르며 매섭게 휘둘러지는 형수의 스윙을 보다 나역시 머릿속을 깨끗하게 비워 버렸다.

송종섭의 깜짝 등장이 놀라운 건 사실이지만, 더 이상 내가 신경 쓸 이유가 없었다.

*   *   *

8월 24일, 목요일.

8월 4일에 있었던 피츠버그 파이리츠와의 경기에서 시즌 20승을 올리고 올림픽에 참가를 했으니 정확하게 20일 만에 메이저리그 마운드로 돌아왔다.

다저스 원정 팬들은 거대한 피켓을 들고 날 환영해 주었다.

돌아온 것을 환영한다는 내용이 대부분인 다저스 팬들의 응원 속에서 시즌 24번째 선발 등판 경기가 시작됐다.

쐐애애애애액!

퍼— 어어엉!

"스트라이크! 타자 아웃!"

—지에스! 지에스! 지에스! 지에스! 지에스!

제로백 슬라이더에 타자가 꿈짝도 못하고 루킹 삼진을 당하자 다저스 원정 팬들은 '지에스'라고 목청껏 소리를 내질렀다. 제로백 슬라이더의 이니셜로 어느새 미국 내에서는 확실하게 자리를 잡은 듯 보였다.

이닝을 마치고 더그아웃으로 들어오자 마이크 트라웃을 비롯한 동료들이 고개를 절레절레 저었다.

"장담하건대 당분간은 네가 던지는 제로백 슬라이더를 칠 수 있는 타자가 없을 거다!"

"그렇게까지 공략이 불가능한 공은 아니에요."

"척, 네가 던지는 공은 마구야! 일반적인 슬라이더보다 더 꺾이는 각이 더 날카로워서 히팅 포인트를 어디로 가져가야 할지 모르겠다고! 도대체 넌 어떻게 그런 무서운 공을 던질 생각을 한 거야?"

말은 저렇게 해도 결국은 어떻게든 공략 방법이 만들어지는 곳이 메이저리그다.

메이저리그 마운드에는 20일 만에 돌아왔지만, 계속해서 야구를 했었기에 특별히 다른 느낌은 없었다.

"역시 팀 에이스가 돌아오니 타선도 폭발을 하네!"

마이크 트라웃의 말에 타자들도 고개를 끄덕이며 웃었다.

말이야 어떻든 실제로 어제 경기에서 단 한 점도 올리지 못하면서 무득점에 그쳤던 다저스 타선이 오늘은 5회까지 6점을 내며 신나게 애틀랜타 브레이브스의 마운드를 두드려 대고 있었으니 더그아웃 분위기는 즐겁고 유쾌하기만 했다.

"무리하지 말고 오늘은 여기까지 던지도록 하게."

7이닝 무실점.

2개의 피안타를 맞기는 했지만, 충분히 완벽하다 부를 만한 투구 내용이었다.

더욱이 오랜만에 타선이 폭발하며 9점이나 앞서나가고 있는 중이니 게레로 감독으로서는 올림픽에 출전하고 온 나에게 부담을 줄 필요가 없다 여길 거다.

"알겠습니다."

게레로 감독의 말에 나 역시 굳이 더 이상 던질 필요성을 못 느꼈기에 순순히 고개를 끄덕였다.

8회에 불펜 투수가 2점을 실점했지만 경기가 뒤집히는 일은 벌어지지 않았다.

그렇게 시즌 21승을 무난하게 올리며 에이스의 복귀를 알렸다.

Chapter 5

《슈퍼 에이스 차지혁! 복귀와 동시에 시즌 21승! 다승 1위의 위업 증명!》

《LA 다저스 에이스의 귀환으로 인한 선수단 분위기 급상승! 애틀란타 원정 2연승!》

《지구 우승 확신한다! 게레로 감독의 자신감!》

《LA 다저스 애틀란타 원정 스윕! 3차전 최고의 활약을 보인 2홈런의 주인공 마이크 트라웃, 은퇴는 아직 이르다!》

《LA 다저스 4연승 질주!》

《연장까지 가는 혈투 끝에 5연승 달성한 LA 다저스!》

《30일, 콜로라도 로키스와의 마지막 홈 3차전에서 슈퍼 에이스 차지혁 선발 등판으로 6연승 자신!》

《공략이 없는 것인가? 제로백 슬라이더의 위력 앞에 무기력하게 무너진 콜로라도 로키스!》

《LA 다저스 슈퍼 에이스 차지혁! 브레이크 없는 16연승! 시즌 22승!》

《제로백 슬라이더! 인체의 한계를 뛰어넘는 최강의 패스트볼로 선정!》

《메이저리그를 대표하는 파이어볼러들 하나같이 제로백 슬라이더에 도전장을 내밀다!》

2028년 메이저리그도 어느덧 막바지를 향해 치열하게 달려가고 있었다.

오늘부터 시작되는 콜로라도 원정을 시작으로 이제 남아 있는 경기 수는 32경기다.

이 중 내게 배당되어 있는 선발 등판 경기는 5일 뉴욕 양키스 LA 홈경기부터 10월 1일 밀워키 브루어스와의 마지막 경기까지 총 6경기.

모두 승리한다면 무려 시즌 28승이라는 엄청난 성적을 거둘 수 있게 된다.

시즌 28승.

엄청난 승수다.

현재 메이저리그에서 25승조차도 기적이라 부르고 있었으니까.

2000년도에 들어서면서부터 메이저리그 양대 리그 통합 다승왕의 평균 승수는 22승.

말 그대로 평균이 22승이지, 18승으로도 다승왕에 올랐던 투수도 있었다.

25승에 가장 가까웠던 투수가 두 명 존재하는데, 2011년 다승왕이었던 디트로이트 타이거즈의 저스틴 벌렌더(24승)와 2002년 애리조나 다이아몬드백스에서 뛰었던 랜디 존슨(24승)이다.

무엇보다 현재 메이저리그를 투고타저의 시대라 부른다.

투수들의 실력이 타자들을 압도하고 있기에 투수들의 성적이 잘 나오는 시대가 유지된 지 벌써 15년이 다 되었음에도 양대 리그 통합 다승왕의 승수가 25승을 넘기지 못하고 있으니 내가 올 시즌 25승만 거둔다 하더라도 엄청난 찬사를 받을 수밖에 없다.

솔직히 욕심은 났다.

작년 시즌 부상으로 20승에 그쳤던 점을 생각하면 남아 있는 6경기 중 최소 3승만이라도 챙겨서 25승의 고지를 밟아보고 싶었다.

"푸하하하! 지혁아! 이거 봤어?"

형수가 내게 핸드폰을 내밀었다.

핸드폰 화면에는 4회 강판이라는 글귀와 함께 마운드를 내려가는 송종섭의 뒷모습이 사진 찍혀 있었다.

3.2이닝 동안 무려 6개의 볼넷을 남발하고, 5개의 피안타와 2개의 홈런을 맞은 송종섭은 8점을 실점하며 패전 투수가 되었다는 기사였다.

"그럼 그렇지! 이깟 놈에게 메이저리그가 만만하지가 않지! 푸하하하!"

과할 정도로 좋아하는 형수였다.

"그렇게까지 좋아할 일이냐?"

내 물음에 형수가 곧바로 대답했다.

"좋지! 솔직히 말해서 난 이 새끼 잘되는 거 싫다!"

"왜?"

"왜라니? 당연한 거 아니냐? 타고 난 재능 좀 있다고 거만하게 남들이나 깔보고 훈련도 제대로 안 한 싸가지 없는 새끼가 성공하는 게 넌 좋아? 이런 새끼는 당연히 남들보다 잘돼서는 안 된다고 본다."

"그건 그렇지만, 혹시 알아? 미국에 와서 죽어라 노력을 했을지."

내 말에 형수가 고개를 저었다.

"물론 네 말대로 그랬을 수도 있지. 그래도 난 이런 새끼가 성공하는 꼴은 못 봐!"

가만히 형수를 바라보다 피식 웃었다.

"뭐야? 그 의미심장한 웃음은? 서, 설마 너 내가 아직도 고등학교 때 그 새끼가 나한테 공도 제대로 못 받는 포수가 무슨 포수냐고 했던 말 때문에 이러는 거라고 생각하는 거야? 분명하게 말하지만 난 그때 일 깨끗이 잊었다! 그리고 공도 제대로 못 던지는 새끼가 누굴 까! 아! 옛날 생각하니까 또 열 받네! 엿 같은 새끼! 그냥 다른 일 찾아보지 왜 미국까지 쫓아와서 내 앞에서 알짱거리는 거야!"

"미국은 종섭이가 먼저 왔는데?"

"어, 어쨌든! 내가 먼저 메이저리그에 데뷔했으니까 내가 먼저지!"

분명해.

형수는 그때 일로 꽁해 있는 거다.

물론 그게 전부는 아니겠지.

당시 나와 형수의 동기들은 물론 선배와 후배들까지 모두 송종섭을 싫어했으니까.

그러니 형수의 반응이 지극히 정상적인 건 사실이다.

장담하건데, 고등학교 동기들 중 송종섭이 잘되는 걸 진심으로 축하해 줄 사람은 없을 거다. 그리고 솔직히 나 역시 같은 생각이긴 했다.

재능만 믿고 노력하지 않는 사람이 성공하는 건 절대 반갑지 않았다.

"고작 그런 지루한 공밖에 못 던지는 거야? 나 참, 난 또 랭킹 1위라고 해서 얼마나 대단한가 했더니 별거 없네. 그런 소녀 어깨로 랭킹 1위 자리를 지킬 수 있겠어? 하긴, 고만고만한 놈들 사이에서 랭킹 1위네 어쩌네 하는 게 더 우습지."

자신의 구속이 더 빠르다고 우쭐했던 송종섭의 모습이 떠오르자 슬그머니 입가에 미소가 맴돌았다.

과연 지금도 내 앞에서 그따위 말을 할 자신이 있을까?

그러고 보니 이번 시즌 마지막 시리즈가 밀워키 브루어스다.

"마이너리그로 떨어지지 않으면 만날 수 있겠네."

투수든, 타자든 어떤 식으로든 송종섭을 만나서 상대할 수 있다고 생각하니 괜히 입가에 미소가 지어졌다.

콜로라도 로키스 원정을 앞두고 짐을 싸는 사이 황병익 대표가 집으로 찾아왔다.

"휴우~ 요즘 차지혁 선수 계약 문제로 머리가 터져 버릴 것 같습니다. 아! 오해하실 건 없습니다. 여기저기서 차지혁 선수와 계약을 하고 싶다고 얼마나 난리를 치는지 내 생에 이런 엄청난 조건들 속에서 고민을 하게 될 줄을 몰랐기에 그런 겁니다. 뭐, 이를 테면 행복한 고민이라고나 할까요? 하하하!"

나 역시 듣기는 했다.

올림픽 출전을 하기 전까지만 하더라도 LA 다저스의 종신 계약으로 인해 이적을 논의하던 구단들이 하나둘 발을 빼기 시작했는데, 제로백 슬라이더의 등장과 함께 다시금 나를 영입하기 위한 엄청난 돈 전쟁이 벌어졌다는 사실을.

덕분에 벌써 두 번씩이나 맥브라이드 단장이 날 직접 찾아와서 다저스에게 서운한 게 조금이라도 있었냐, 혹시라도 부족한 부분이 있다면 바로 말을 해달라 등등 혹시라도 내가 마음이 변했을까 전전긍긍하는 모습을 보여주었다.

"기사를 보니까 콜로라도 로키스에서 믿기지 않는 금액을 준비 중이라고 했는데 정말입니까?"

당사자인 나보다 곁에 앉아 있던 형수가 더 궁금한 표정으로 물었다.

어차피 형수에게는 숨길 이유가 없었고, 이제는 완전히 비교가 불가능한 존재가 되었기 때문인지 형수도 내 계약에 대해서는 순수한 호기심밖에 남아 있질 않았다.

"아 그 추측성 기사 말이죠? 그게……."

황병익 대표는 잠시 나를 바라보다 이내 픽 웃었다.

"사실입니다."

"헐!"

형수의 입이 쩍! 벌어졌다.

"저, 정말 순수 계약금으로만 시, 십억 달러를 준비하고 있다는 겁니까?"

두 배.

정확하게 LA 다저스에서 제시했던 계약금의 2배를 콜로라도 로키스에서 준비한다고 했다.

"차지혁 선수는 별로 놀랍지 않으십니까?"

황병익 대표의 말에 형수는 무슨 말이라도 미리 들었냐며 나에게 물었다.

"그런 적 없어. 그냥 뭐랄까, 현실적이지 못하다고 할까?"

내 말에 황병익 대표와 형수가 이해한다는 듯한 얼굴로 고개를 끄덕였다.

"맞는 말입니다. 전 세계적으로 이런 어마어마한 액수를 계약금으로 받은 선수는 단 한 명도 없고, 아마 다시는 나오지도 못할 겁니다. 스포츠 선수들의 몸값이라는 게 선례를 남기면 반드시 그걸 뛰어넘는다는 말이 있어도 계약금으로만 10억 달러는… 솔직히 불가능한 일일 겁니다."

"그렇죠! 아무리 대단한 선수라고 하더라도 10억 달러는…
휴우~ 이건 완전."

할 말이 없다는 듯 형수가 고개를 절레절레 저었다.

"정말로 궁금해서 묻는 겁니다만, 한 명의 선수에게 계약
금만 10억 달러를 준다는 게 합리적이라고 생각하세요? 제
머리로는 도저히 이해가 가질 않네요."

아무리 생각을 해도 이건 적정수준을 넘어버린 이야기다.

내 물음에 황병익 대표가 희미하게 웃으며 대답했다.

"솔직히 액수가 너무 거대한 건 사실입니다. 작년 메이저
리그 총수익이 얼마인지 아십니까?"

나와 형수가 그런 걸 알 리가 없다.

"210억 달러입니다. 30개의 구단 전체가 1년 동안 벌어들
인 수익입니다. 구단별로 차이가 나기는 하지만 평균적으로
따졌을 때, 7억 달러입니다. 하지만 아시다시피 대도시의 인
기 구단의 수익이 워낙 크다 보니 고만고만한 구단들의 경우
5억 달러 안팎으로 보시면 됩니다. 콜로라도 로키스의 경우
에도 마찬가지입니다. 정확하게는 알 수 없지만 평균치 이상
의 수익을 벌지는 못했습니다."

황병익 대표가 잠시 말을 멈추자 형수가 곧바로 끼어들었
다.

"그럼 지혁를 영입하기 위해 계약금으로만 2년치 수익을

쏟아 붓겠다는 뜻 아닙니까? 여기에 추가적으로 연봉에다가 선수단 전체 연봉과 구단 운영비까지 더하면… 어휴! 단순 계산만으로만 따져도 3년은 적자 운영을 해야 한다는 소리인데 그렇게까지 무리를 할 필요가 있을까요?"

나 역시 같은 생각이었다.

콜로라도 로키스의 구단주가 아무리 돈이 많다고 해도 구단을 운영하는 일은 자선사업이 아니다. 어쨌든 수익을 내기 위한 하나의 기업체이기 때문에 3년 동안 적자 운영을 하겠다는 건 도통 이해가 가질 않는 말이었다.

황병익 대표가 나와 형수의 얼굴을 바라보며 다시 한 번 웃었다.

"물론 단순 계산으로만 따진다면 3년 정도 적자 운영을 하는 게 맞습니다. 하지만 실제로는 1년 정도 적자를 감수하고 나면 이듬해부터는 소폭으로나마 흑자로 들어설 것이고, 무엇보다 콜로라도 로키스의 구단 가치가 단숨에 치솟을 거라고 전문가들은 예상하고 있습니다."

나와 형수가 두 눈을 동그랗게 뜨자 황병익 대표가 곧바로 설명을 시작했다.

우선 나를 영입함으로써 엄청난 수의 팬을 확보할 수 있게 된다.

구단에게 있어서 팬은 곧 돈이다.

기본적인 입장료부터 시작해서 나와 관련된 상품들까지 그 수익이 어마어마해진다.

여기에 이미 메이저리그 최고의 스타로 우뚝 선 나를 데려가는 구단은 중계료가 무지막지하게 올라간다고 했다.

이것만 하더라도 콜로라도 로키스는 당장 작년 대비 최소 20% 이상의 수익을 얻을 수 있다고 했다.

5억 달러였다면 6억 달러의 수익을 얻을 수 있다는 소리다.

무엇보다 이 수치가 최소치라는 점이다.

"제가 볼 때는 최소 25%에서 최대 40%가까이 수익을 얻을 수도 있습니다."

단 한 명의 선수가?

나와 형수가 그건 좀 아닌 것 같다는 듯 눈을 찌푸리자 황병익 대표가 고개를 저었다.

"차지혁 선수는 단순한 슈퍼스타가 아닌 세계적인 슈퍼스타의 반열에 들어섰습니다. 미국뿐만 아니라 전 세계적으로 차지혁 선수가 구단에 벌어다 줄 수익을 생각하면 충분히 그 정도는 될 거라고 봅니다. 무엇보다 이런 점들을 다 무시하더라도 콜로라도 로키스에서 차지혁 선수를 영입했을 때 얻을 수 있는 가장 중요한 소득은 따로 있습니다."

"그게 뭡니까?"

형수가 급하게 물었다.

"바로 명문으로의 발돋움입니다. 얼마 전, 전문가들이 아주 재밌는 연구 결과를 내놨습니다. 차지혁 선수가 LA 다저스에 입단을 하고 작년과 올해까지 무려 구단의 승률이 0.154나 올랐다는 연구 결과입니다. 여기에 연패를 끊을 수 있는 능력, 연승을 이끌어 갈 수 있는 능력까지 더하면 차지혁 선수 한 명이 가지고 있는 가치가 엄청나다는 결과가 나옵니다. 그런 결과들은 곧 지구 우승과 챔피언십 우승을 넘어 월드 시리즈에 진출할 가능성까지 굉장히 높여준다는 뜻이고 그렇게 한 해, 두 해가 지나가면 구단의 명성은 당연히 이전과는 비교할 수 없을 정도로 높아집니다. 바로 이 점이 콜로라도 로키스와 샌디에이고 파드리스와 같은 돈만 많고 명문으로서의 입지를 다지지 못한 구단들이 차지혁 선수를 최우선적으로 노리는 이유입니다."

황병익 대표의 긴 이야기를 형수가 간단하게 정리를 해버렸다.

"돈으로 명문을 만들겠다는 말이네."

바로 그거라는 듯 황병익 대표가 웃었다.

단 한 명의 선수가 그럴 힘이 있을까?

있다.

정말 압도적으로 리그를 지배할 수 있는 실력만 갖추고 있다면 충분히 그럴 수 있다.

"문제는 이러한 점이 기존의 명문 구단들에게는 의미가 없다는 사실입니다. 솔직히 말해서 다저스 입장에서는 아무리 차지혁 선수를 붙잡고 싶어도 기존 계약금인 5억 달러 이상을 쓰기가 어렵습니다. 기껏해야 연봉을 올리는 방법밖에 없습니다. 현재 이적 타진을 해오고 있는 양키스나 레드삭스, 카디널스와 같은 명문 구단들 또한 돈이 있어도 차지혁 선수에게 막대한 계약금을 선뜻 내줄 수가 없는 이유이기도 합니다."

"뭐가 이렇게 복잡한지······."

형수가 더 이상 듣고 싶지도 않다는 듯 고개를 저으며 뒤로 물러났다.

"계약이라는 게 원래 그렇습니다. 단순히 돈만 있다고 선수를 영입할 수 있는 문제가 아닙니다. 구단들끼리 서로 눈치도 봐야 하고 손익계산도 해봐야 하고, 선수 한 명으로 인해 변할 순위 다툼이나 선수단과 팬들의 반발 등등 골치 아픈 일이 한두 가지가 아닙니다."

형수처럼 나 역시 더 이상 계약 문제에 깊이 관여하고 싶지 않았다.

내 문제이니 당연히 내가 가장 관심을 기울여야 하지만 솔직하게 말해서 난 지금의 연봉에도 만족했고, 종신 계약을 해

달라며 LA 다저스에서 제시한 조건에도 손톱만큼의 불만도
없었다.

그저 빠른 시간 내에 나를 둘러싸고 있는 이 시끄러운 돈지
랄이 끝나기만을 바랄 뿐이었다.

Chapter 6

　야구 선수에게는 흔하게들 말하는 몬스터 시즌이라는 게
있다.

　말 그대로 괴물 같은 시즌을 보낸 선수에게 하는 말인데,
분명한 건 내게 있어 올해가 바로 몬스터 시즌이라는 점이다.

　내 경우에는 작년 시즌도 몬스터 시즌이라 불렸다.

　메이저리그의 기록을 갈아치웠으니 당연히 몬스터 시즌일
수밖에 없었다.

　그런데 올해는 작년을 뛰어넘는 더욱 믿기지 않는 시즌이
었고, 작년에 시즌이 끝났을 때까지만 하더라도 두 번 다시

작년과 같은 성적을 낼 수 없을 거라고 앞을 다투어 장담을 해댔던 전문가들과 많은 팬들은 언제 그랬냐는 듯 모두 약속이라도 한 것처럼 입을 꾹 다물고 있다는 사실이다.

9월 5일, 뉴욕 양키스와의 LA 홈 경기 2차전에 선발로 등판한 나에게 새로운 별명이 생겼다.

데빌(Devils).

딱히 선호할 만한 별명은 절대 아니다.

중요한 건 이날 경기에서 뉴욕 양키스는 올 시즌 처음으로 영봉패를 당했다는 사실이다.

9이닝 무실점, 단 한 개의 피안타와 14개의 탈삼진.

전날 있었던 1차전 승리에 기뻐하던 뉴욕 양키스에게는 청천 하늘에 날벼락이었다.

악의 제국을 철저하게 짓밟고 무너뜨렸다는 말과 함께 몇몇 언론에서 날 데빌이라 불렀는데, 뉴욕 양키스에게 깨어날 수 없는 악몽을 선사했다는 기사와 함께 순식간에 인터넷에 퍼졌다.

무엇보다 이날 영봉패를 당한 뉴욕 양키스는 엄청난 충격을 받았다는 걸 고스란히 드러낼 정도로 다음 두 경기까지 내리 패배하면서 1차전을 승리하고도 2, 3, 4차전에서 3연패를 기록했다.

덕분에 지구 1위 자리를 무척이나 위태롭게 유지하며 뉴욕으로 힘없이 돌아가야만 했다.

당연한 이야기지만, 뉴욕 양키스의 3연패에 가장 기뻐한 구단은 아메리칸리그 동부 지구의 2위 보스턴 레드삭스였다.

뉴욕 양키스가 3연패를 당하는 사이 보스턴 레드삭스는 미네소타 트윈스를 상대로 시리즈 스윕을 가져가며 대조되는 3연승으로 시즌 막판까지 1위 자리를 바짝 추격하는 불씨를 살릴 수 있었다.

9월 10일, 샌프란시스코 자이언츠와의 경기에서 시즌 27번째 선발 등판한 나는 작년 시즌보다 확연하게 팀 전력이 떨어져 버린 샌프란시스코 자이언츠를 상대로 어렵지 않게 시즌 24승을 올릴 수 있었다.

고작 1년 만이다.

작년까지만 하더라도 내셔널리그 서부 지구 강팀으로 군림했던 샌프란시스코 자이언츠의 몰락에는 고작 1년이라는 시간도 걸리지 않았다.

그리고 그러한 사실은 LA 다저스라 하더라도 언제든 벌어질 수 있다는 경각심을 심어 주기에 충분했다.

어쨌든 올 시즌 샌프란시스코 자이언츠의 사신 역할을 한 건 다른 누구도 아닌 바로 나였다.

여섯 번 선발로 등판해서 모두 승리를 따냈다.

놀랍게도 그중 절반인 3번은 완봉승이었으며, 나머지 3번도 모두 8이닝까지 마운드를 지켜냈고, 실점은 51이닝 동안 딱 1실점(평균자책점 0.18)밖에 안 하면서 샌프란시스코 자이언츠 팬들에게 있어선 사형 선고를 내리는 저승사자나 다름없었다.

애리조나 다이아몬드백스가 없었다면 지구 꼴찌라는 불명예를 얻었을 정도로 끝없이 추락해 버린 샌프란시스코 자이언츠로서는 전력 보강이 시급하다는 걸 깨달은 시즌이었다.

9월 15일에는 뉴욕 메츠를 상대로 대망의 시즌 25승 사냥에 나섰다.

이날의 경기는 모든 언론과 팬들의 관심과 기대가 쏠렸다.

장장 59년 만에 내셔널리그에서 25승 투수가 등장하느냐였기 때문이다.

1969년 뉴욕 메츠의 투수였던 톰 시버가 세웠던 25승 이후로 작년까지 선발 투수가 25승을 세운 기록이 없었다.

2002년 랜디 존슨이 24승을 세운 것이 그나마 가장 근접했던 기록으로 남아 있는 중이다.

물론 아메리칸리그로 확장하면 1990년 오클랜드 애슬레틱스의 밥 웰치가 27승을 기록한 적이 있지만, 그마저도 38년 전의 일이니 25승 투수가 등장하는 건 정말 모든 이들의 관심사가 될 수밖에 없었다.

그렇게 많은 이들의 관심 속에서 시작된 경기는 예상외로 너무나도 시시했다.

아직까지도 뚜렷하게 공략 방법을 찾지 못한 제로백 슬라이더 앞에 뉴욕 메츠의 타자들은 허무하게 삼진을 당하거나 범타 처리가 되었다.

4회와 6회에 포심 패스트볼이 공략당하면서 단타와 장타가 터지긴 했지만 후속 타자의 추가 안타가 나오지 않으면서 득점에는 성공하지 못했다.

하지만 8회에 포심 패스트볼을 노리고 타격에 성공한 뉴욕 메츠의 거포 마크 바라스(3루수)에게 치명적인 한 방을 얻어맞음으로서 앞선 4경기 무실점이 5경기 만에 깨지고 말았다.

비록 1실점을 하긴 했지만 여유 있는 투구수로 인해 9회까지 마운드에 올랐고, 17번째 탈삼진을 잡아내면서 경기를 끝낼 수 있었다.

올 시즌 11번째 완투승이었고, 시즌 25승 사냥에 성공한 날이었다.

언론과 팬 사이트를 비롯해서 개별적으로 인터넷에 칼럼을 올리는 전문가들은 내 승리와 더불어 제로백 슬라이더가 내년 시즌 전까지는 절대 공략 불가능한 구종으로 올 시즌 LA 다저스의 월드 시리즈 우승까지도 점치고 있었다.

선발 투수 한 명이 해낼 수 있는 역할이 한정되어 있음에도 불구하고 대다수의 사람들은 다저스의 상승세가 꺾이지 않을 것이라고 확신하듯 말하고 있었다.

"맞다! 어제 타일러 콜렉이 한 인터뷰 봤어?"

밥을 먹던 형수가 내게 말했다.

타일러 콜렉이라면 샌프란시스코 자이언츠의 선발 투수다.

메이저리그를 대표하는 파이어볼러 중 한 명으로 제로백 슬라이더를 던져 보겠다고 공헌한 투수 중 한 명이기도 했다.

"뭐라고 했는데?"

"제로백 슬라이더라고 던진 공들이 그냥 별 볼 일 없는 패스트볼이어서 홈런을 두 방이나 맞았잖아. 그랬더니 경기 끝나고 인터뷰에서 지혁이 네가 던지는 제로백 슬라이더는 그 어떤 투수도 따라 던질 수 없는 '척 마구'라고 표현했던데?"

형수의 말에 피식 웃었다.

그렇지 않아도 한국 팬들은 제로백 슬라이더를 '차지혁 슬라이더', '척 슬라이더', '차 슬라이더'라고 부르고 있는 상황이었다.

버젓이 제로백 슬라이더라는 좋은 이름을 정해놓았음에도 한국 팬들은 어떻게든 내 이름을 집어넣고 싶은 모양이었다.

덕분에 LA 다저스 팬들 중에서도 '척 슬라이더'라는 말이 심심찮게 나오고 있었는데, 타일러 콜렉까지 나서서 '척 마구'라는 이상한 말을 해대고 있으니 내 입장에서는 웃음밖에 나오지 않았다.

"그러면서 하는 말이 혹시라도 제로백 슬라이더를 연습 중인 투수가 있다면 괜한 고생하지 말고 깨끗하게 포기하라고 하더라. 불과 2주 전까지만 하더라도 제로백 슬라이더를 던질 수 있다고 그렇게 자신하던 타일러 콜렉이 이제는 앞장서서 함부로 던질 수 없는 공이라고 인터뷰를 하고 있으니. 흐흐흐!"

2주.

고작 그 짧은 기간 연습하고 포기를 했다고 하니 우습기 짝이 없었다.

한편으로는 제로백 슬라이더를 너무 만만하게 봤다는 생각이 들었지만, 다른 한편으로는 2주라는 시간 동안 제로백 슬라이더가 얼마나 던지기 어려운 구종인지를 확실하게 깨달은 것 같다는 느낌이었다.

정말 다른 투수들은 던질 수 없을까?

현재도 이 문제를 두고 많은 전문가들이 설전을 벌이고 있는 중이다.

그리고 인터뷰를 하게 되면 여지없이 나오는 질문이기도 했다.

결과만 말하자면 불가능한 건 아니다.

내가 그걸 증명하고 있으니까.

다만, 짧은 시간 내에 제로백 슬라이더를 던질 수 있는 투수는 절대 없을 거란 사실이다.

하지만 언제고 내가 아닌 다른 누군가 제로백 슬라이더를 던지게 될 것이다.

그게 언제인지, 누가 될지는 알 수 없지만 분명 그런 날이 오긴 할 거고, 그때는 제로백 슬라이더가 현존하는 마구들, 자이로볼, 스크류볼, 너클볼과 함께 세계 4대 마구가 되지 않을까 싶었다.

"지혁아, 이왕지사 25승까지 했는데 여기서 멈추지 말고 제로백 슬라이더를 앞세워서 28승까지 한 번 가보자! 그리고 퍼펙트게임 한 번 더 가야 하지 않겠냐? 흐흐흐흐!"

일반적인 투수라면 평생 단 한 번만 해보길 소원하는 퍼펙트게임을 아무렇지도 않게 말하는 형수의 모습에 웃음이 나오면서도, 어떤 전문가의 말처럼 내가 확실히 상식 외의 투수 혹은 규격 외의 투수인 건 사실이구나 싶었다.

콜로라도 로키스와의 시즌 마지막 시리즈에서 첫 경기를 장식하기 위해 마운드에 올랐다.

올 시즌 콜로라도 로키스와도 무척이나 많은 경기를 했다.

4월 7일을 시작으로 오늘 경기 전까지 4번 선발 등판 경기가 있었고, 그중 3번이 무실점 완봉승, 나머지 한 번이 8이닝 무실점 경기로 샌프란시스코 자이언츠만큼이나 살인적인 투수로 자리를 잡았다.

특히 5월 29일에는 무려 19K를 달성하며 올 시즌 한 경기 최다 탈삼진 경기를 기록하고 있었다.

작년에 세웠던 9이닝 최다 탈삼진(23K)에는 미치지 못해도 한 경기에서 19번이나 탈삼진을 잡아낸다는 건 결코 쉬운 일이 아니다.

이번 시즌 콜로라도 로키스와의 마지막 경기가 시작됐다.

8이닝 무실점 12탈삼진.

막강 화력을 자랑하는 콜로라도 로키스 타선은 여전히 내 앞에서만큼은 침묵했다.

이로써 콜로라도 로키스를 상대로 나는 5전 5승을 기록했으며, 무엇보다도 평균 자책점 0점을 유지하며 절대 만나고 싶지 않은 투수로 각인되었다.

그리고 시즌 26승을 달성하면서 벌써부터 1990년 밥 웰치가 달성했던 27승을 뛰어넘을 것인지에 대한 관심이 증폭되었다.

서른 번째 선발 등판 상대는 피츠버그 파이리츠였다.

9월 25일에 벌어진 경기에는 또다시 엄청난 수의 취재진이 몰려들었다.

시즌 27승을 올리면서 밥 웰치의 기록과 타이를 이룰 것인가?

미국 전역은 물론 한국과 일본 등 세계적으로 관심을 받았다.

결과부터 말하자면, 이날 최고의 수훈 선수 인터뷰는 내 몫이었다.

15개의 탈삼진을 솎아내며 9이닝 동안 단 1점도 실점하지 않았으니 당연히 그날 최고의 선수로 뽑힐 수밖에 없었다.

경기 초반, 2회부터 2사 2, 3루 상황이 벌어지면서 위기도 있었지만 역시 이날도 제로백 슬라이더는 난공불락의 마구로서 위기 탈출의 일등공신 역할을 해주었다.

스물일곱 번째 승리.

밥 웰치의 다승과 타이기록을 이루었다는 점이 기쁘기도 했지만, 더욱더 날 기쁘게 한 건 이날의 승리로 나머지 경기와는 상관없이 LA 다저스가 내셔널리그 서부 지구 1위를 확정지었다는 사실이다.

2위로 바짝 추격을 하던 샌디에이고 파드리스가 연패의 수렁에 빠지면서 남은 경기와는 상관없이 지구 1위 탈환이 불가능해지고 말았다.

막대한 돈을 앞세워 엄청난 전력을 구축한 샌디에이고 파드리스였지만, 결국은 지구 1위 자리를 차지하지 못하면서 어쩔 수 없이 와일드카드를 노려야만 하는 상황이 벌어졌다.

이제 모든 이들의 관심은 시즌 마지막 선발 등판 경기인

10월 1일에 벌어지는 밀워키 브루어스 전으로 이어졌다.

과연 시즌 28승이라는 기록을 쌓을 수 있을 것인가?

22연승을 이어나갈 것인가?

하지만 이런 언론과 팬들의 관심과는 별개로 나는 따로 기대하고 있는 게 있었다.

"드디어 내일이네."

"그러게! 다른 건 몰라도 종섭이 그 새끼는 확실하게 밟아버려! 알겠지?"

형수의 말에 나는 유치하다는 듯 피식 웃었지만, 내심 내일 투수와 타자로 만나게 될 순간이 벌써부터 기다려지고 있었다.

＊　　　＊　　　＊

송종섭은 밀워키 브루어스에서 꽤 주목받는 루키로 자리를 잡은 상태였다.

8월 19일 메이저리그에 콜업이 되면서 5경기 선발 투수로 등판, 2승 3패를 기록했다.

최고 구속 101마일까지 나올 정도의 강속구를 던지는 투수로서 큰 기대를 받았지만, 역시 고등학교 때와 마찬가지로 제구가 불안한 날에는 볼넷과 와일드 피치를 남발하면서 마이너리그에서 종종 볼 수 있는 투수 중 한 명으로 전락하고 말았다.

메이저리그의 선발 투수가 일정 수준 이상의 볼 컨트롤을 보이지 못하고 당일 컨디션에 따라 들쭉날쭉한 제구력을 보인다는 건 사실상 선발 투수로서의 몫을 제대로 해낼 수 없다는 뜻과 같다.

더불어 불펜 투수로서도 그 활용 가치 역시 떨어질 수밖에 없다.

그래서인지 9월 18일을 끝으로 송종섭은 더 이상 선발 투수로 마운드에 오르지 못하고 있었다.

사실상 투수로서의 테스트가 끝났다는 의미나 다름없었다.

물론 시간이 지나 제구력을 가다듬으면 언제고 다시 테스트를 받을 수도 있겠지만, 이미 타자로서의 가능성을 충분히 인정받고 있는 상황에서 송종섭을 다시 투수로 기용한다는 건 쉽지 않은 일이다.

투수로서의 테스트는 좋지 않게 끝이 났지만, 타자로서의 테스트는 성공적이었기에 구단의 기대치가 상당히 높은 상황이었다.

타율 0.321, 출루율 0.363, 장타율 0.526, OPS 0.889.

우익수로 선발 출전한 경기가 15경기, 대타 6경기에서 송종섭이 타자로서 기록한 수치들이다. 여기에 홈런까지 무려 4개를 터뜨렸으니 이 정도라면 루키로서 엄청난 활약을 했다고 할 수 있었다.

비록 경기 수가 적기에 풀시즌을 소화할 경우 어느 정도까지 성적을 유지할지, 혹은 더 뛰어난 성적을 보일지 알 수 없지만 느리지 않은 발과 외야수로서의 강인한 어깨는 확실히 경쟁력이 있다 할 수 있다.

단점이라면 역시 불안한 수비 실력과 타석에서 너무 공격적 성향이 강하다는 것 정도였는데, 이런 부분이야 충분히 시간을 두고 해결해 나갈 수 있었으니 밀워키 브루어스 구단 내부적으로도 이미 투수보다는 타자로서 확실하게 성장을 시킬 것 같았다.

"2번 타자."

오늘 밀워키 브루어스의 선발 라인업을 바라보며 송종섭이 2번 타순의 우익수로 배치되어 있는 걸 확인할 수 있었다.

지금까지 메이저리그 마운드 위에서 한국 타자들을 상대로 공을 던져 본 적이 없었던 건 아니지만, 송종섭처럼 함께 야구를 했던 타자는 없었기에 묘한 설렘이 느껴졌다.

과연 송종섭은 내 공을 제대로 칠 수 있을까?

타선에 선 녀석의 표정은 어떠할까?

이런저런 생각이 머릿속에 맴돌았다.

복잡한 머릿속을 비우지 못한 상태에서 마운드에 올라갔다.

밀워키 브루어스의 1번 타자를 상대로 공 4개만으로 삼진을 잡아냈다.

제로백 슬라이더를 던지면서 나를 상대하는 타자들이 가장 많이 변화한 모습은 초구부터 적극적으로 배트를 휘두른다는 점이다.

아무래도 볼카운트에 몰리면 제로백 슬라이더로 인해 속수무책으로 삼진을 당하다 보니 초구를 노리고 들어올 수밖에 없었다.

1번 타자가 삼진을 당하며 돌아서자 드디어 기다렸던 송종섭이 타석에 들어섰다.

예전과는 확실하게 너무나도 달라진 모습이 낯설게 보였다.

살집이 전혀 느껴지지 않는 체형과 어깨까지 오는 긴 머리카락은 고등학교 시절 내 기억 속에 존재하던 송종섭과는 너무나도 달랐다.

거기에 전에는 없었던 뺨의 흉터는 잔뜩 독이 오른 것처럼 보이는 눈빛과 꽤 잘 어울려 상당히 매서운 인상을 전해주고 있었다.

전혀 다른 사람이라고 해도 과언이 아닐 정도로 변해 버린 송종섭이었다.

송종섭의 타격 자세는 살짝 웅크리고 있는 형태였다.

양쪽 팔을 몸에 딱 붙인 상태에서 배트를 일자로 세우고, 양발을 11자로 나란히 맞추고는 무릎을 살짝 몸의 중심으로 오므린 자세였기에 언뜻 봐서는 장타보다는 단타 위주의 타격을 하는 것처럼 보였다.

하지만 장타율이 무려 0.526으로 타격 자세와 다르게 장타율이 무척이나 높다.

허리 회전력과 함께 동반되는 손목 힘과 타격과 동시에 배트에 순간적으로 힘을 가하는 능력까지 전체적으로 파워가 높다는 의미다.

보통 메이저리그에서 장타율이 5할을 넘기면 중심 타선에 배치를 시키니 이 수치는 한 방이 있다는 것을 의미한다.

단순히 발만 빨라서는 절대 5할의 장타율을 넘길 수 없다.

타구를 충분히 외야 깊은 곳까지 보낼 수 있는 파워가 있어야만 했기에 5할의 장타율을 넘기는 타자들의 경우 대체적으로 30홈런 이상도 바라볼 수 있다.

물론 송종섭의 경우 풀 시즌이 아닌 20경기도 되지 않는 성적이지만 전문가들의 소견에 따르면 파워가 넘치는 타자라는 의견만큼은 일치하고 있었다.

이런저런 설명들을 다 간단하게 정리하면 이거다.

'걸리면 넘어간다.'

포수 마스크를 쓰고 있는 형수가 사인을 보내왔다.

"지혁아, 진짜 이건 내 개인적인 부탁인데… 오늘 종섭이 그 새끼 처음 나올 때만이라도 내가 마음대로 사인 내도 될까?"

경기 직전 형수가 내게 했던 말이 자연스럽게 떠오를 정도의 사인이 나왔다.

12—to—6 커브.

제로백 슬라이더를 던지기 시작하면서부터 한 경기에 하나도 제대로 던지지 않을 정도로 내게서 멀어진 구종이 12—to—6 커브다.

타자의 허를 찌르기엔 이보다 더 좋은 구종이 없었지만, 패스트볼 위주의 투수로서의 이미지를 구축하기 위해 등한시한 12—to—6 커브를 형수가 던져 달라고 하고 있었다.

그것도 초구부터.

어째서, 왜 송종섭과의 첫 대결에서 이런 의외의 선택을 요구하는 걸까?

'유치하기는.'

뻔했다.

송종섭을 약 올리겠다는 의도다.

지금 송종섭의 머릿속에는 어떤 구종이 들어가 있을까?

당연히 포심 패스트볼과 제로백 슬라이더다.

그리고 이건 송종섭을 비롯해서 대다수의 타자들이 똑같을 거다.

그런데 12-to-6 커브를 초구에 던진다?

다른 타자들에게는 허를 찌를 만큼의 기가 막힌 수 싸움이 되겠지만, 송종섭에게는 단순한 도발로밖에 보이지 않을 거다.

"휴우."

솔직히 내키지는 않았지만, 워낙 간절한 눈빛으로 내게 그렇게 말을 했던 형수의 모습을 외면하기가 힘들었기에 초구만큼은 원하는 대로 던져 주기로 했다.

와인드업을 하고 형수가 원하는 대로 12-to-6 커브를 던졌다.

쇄애액― 휘익!

퍼어엉!

움찔!

"스트라이크!"

스트라이크 존 한가운데를 지나가는 12-to-6 커브에 송종섭의 어깨가 움찔거렸지만, 배트는 나오지 않았다.

포수 마스크를 쓰고 있는 형수가 배트맨에 나오는 조커처럼 활짝 웃고 있는 모습이 보였다.

반대로 송종섭의 표정과 눈빛은 누구 하나 죽일 것처럼 사납게 번들거렸다.

엄지손가락까지 치켜들며 고마움을 표시하는 형수를 뒤로하고 두 번째 공부터는 제대로 던지기로 마음먹었다.

과거의 인연이 어떻든 지금은 당당한 메이저리그의 투수와 타자로 만난 자리였고, 성격상 누군가를 기만하고 싶은 생각도 없었다.

송종섭과의 과거 인연이 어떻든 간에 나는 투수로서, 녀석은 타자로서 최선을 다해 승부를 보고 싶을 뿐이었다.

다만.

'그만 좀 해라.'

또다시 12—to—6 커브를 요구하는 형수에게 고개를 저으며 포심 패스트볼 사인을 줬다.

아쉽다는 듯 입맛을 다시는 형수의 모습이 마스크 너머로 보였지만, 녀석도 두 번씩이나 같은 공을 던지며 송종섭을 도발하는 건 좋지 않다는 걸 알기에 순순히 포기했다.

'몸 쪽으로 바짝 붙인다.'

홈 플레이트에서 살짝 떨어져서 서 있는 송종섭의 몸 쪽 꽉 찬 코스로 포심 패스트볼을 던졌다.

쐐애애애애애액!

부우— 웅!

퍼어— 엉!

몸 쪽으로 바짝 붙어오는 공에도 송종섭은 겁 없이 배트를 휘둘렀다. 비록, 타이밍이 늦어서 헛스윙이 되고 말았지만 타격 하는 자세만으로도 몸 쪽 공을 전혀 두려워하지 않고 있다는 게 눈에 보였다.

타석에서 한 발 물러난 송종섭은 장갑을 풀었다 조이면서도 나를 사납게 노려보고 있었다.

무슨 생각을 하고 있을까?

피식 웃음이 나왔다.

고등학교 시절 구속이 더 빠르다는 이유만으로 나를 경쟁 상대로 여겼던 송종섭이다.

구속을 제외한 모든 부분에서 나보다 한참이나 모자랐던 송종섭이지만, 언제나 나를 의식했던 송종섭을 떠올리니 지금 심정을 충분히 짐작할 만했다.

머릿속에 내 공을 제대로 한 방 치고 말겠다는 욕심이 가득하겠지?

불미스러운 사건과 함께 학교를 떠났던 송종섭이 야구를 포기하지 않고 메이저리그까지 올라왔다는 사실이 한편으로는 대견하게 느껴졌지만, 승부에서만큼은 확실하게 누가 더 뛰어난지를 똑똑하게 알려주고 싶었다.

'이번 공으로 끝낸다.'

제로백 슬라이더?

굳이 송종섭에게 제로백 슬라이더까지 던질 필요가 없다.

시간이 지나 메이저리그 경력이 더 쌓이고 충분히 제 몫을 해줄 수 있는 주전 선수로서 확고하게 자리를 잡았을 때라면 모를까, 지금의 송종섭은 결코 제로백 슬라이더까지 던져 가며 상대해야 하는 타자는 아니었다.

형수와 사인을 주고받고 곧바로 와인드업을 했다.

'똑똑히 느껴라. 이게 너와 나의 차이라는 걸.'

오른발을 디디며 공을 던졌다.

쐐애애애애애애액―!

퍼어어― 엉!

부우웅!

"스윙! 타자 아웃!"

한가운데에 꽂혀 버린 포심 패스트볼에 송종섭의 표정이 딱딱하게 굳어버렸다.

전광판을 바라보니 103마일이 찍혀 있었다.

이 공으로 녀석은 확실하게 깨달았을까?

이제는 훨씬 더 빠른 공을 던지는 투수가 바로 나라는 사실을.

메이저리거로서도 우리 두 사람의 차이가 얼마나 큰 것인지를.

분한 얼굴로 나를 노려보던 송종섭이 몸을 돌렸다.

포수 마스크까지 벗으며 고소하다는 듯 웃고 있는 형수의 얼굴을 보고 있자니 저 녀석이 언제쯤 철이 들까 싶은 마음에 픽 웃음이 나왔다.

다른 때에는 나보다 훨씬 더 어른스럽던 형수였지만, 지금만큼은 까까머리 고등학교 시절의 형수와 전혀 다르지 않게 보였다.

그러는 사이 올 시즌 38홈런을 터뜨리며 모두를 깜짝 놀라게 만든 밀워키 브루어스의 3번 타자 헌터 커크가 타석에 들어섰다.

매년 20개 이상의 홈런으로 파워가 있음을 증명하기는 했지만, 메이저리그 통산 8년 동안 단 한 번도 30개를 넘어본 적이 없는 헌터 커크가 올 시즌은 말 그대로 대폭발을 한 해였다.

덕분에 리그 중간에 약물 검사까지 했을 정도로 헌터 커크의 장타력은 불가사의라 불리고 있는 중이다.

기본적인 체격은 평범했다.

182㎝의 키에 86㎏이라 알려진 몸무게는 확실히 타석에 섰을 때, 정말 38개의 홈런을 터뜨린 거포가 맞는지 의심하게끔 만들었다.

초구는 바깥쪽을 관통하는 포심 패스트볼, 98마일이 찍혔다.

심판의 성향에 따라 볼로 선언이 될 수도 있었지만, 오늘 심판인 알렉 스미스는 좌우폭을 공 반 개가량 넓게 잡아주기로 유명했기에 투수인 내 입장에서는 유리할 수밖에 없었다.

역시나 헌터 커크는 배트까지 뻗으며 멀지 않았냐는 간접적인 어필을 보였다.

당연히 그런다고 눈이라도 깜짝할 알렉 스미스 심판이 아니었다.

2구는 초구보다 바깥쪽으로 공 반 개가량 벗어나는 포심 패스트볼을 던졌다.

딱.

초구에서 스트라이크 판정을 받았기에 헌터 커크로서는 배트가 나올 수밖에 없는 상황.

타구가 1루 파울 라인을 크게 벗어나며 관중석으로 들어갔다.

2스트라이크 노볼 상황에서 내가 던진 세 번째 구종은 헌터 커크의 몸 쪽 높은 코스의 포샘 패스트볼.

부우— 웅!

여지없이 배트가 휘둘러지면서 삼진을 당하고 만 헌터 커크였다.

다시금 드는 생각이지만, 투수와 타자는 한 끗 차이로 승부가 결정되지만 그 승부의 중심에는 역시나 주심이 있다는 사실이다.

산뜻한 출발로 인해 기분 좋은 미소를 지으며 마운드를 내려오니 기다리고 있던 형수가 바짝 달라붙으며 입을 열었다.

"종섭이 새끼 바짝 약 올랐겠지? 다음에도 삼구삼진으로 잡아버리자! 흐흐흐!"

오늘 형수의 머릿속에는 오로지 송종섭뿐인 듯싶었다.

Chapter 7

딱!

타구가 빠른 속도로 외야를 향해 날아갔다.

우익수의 머리 위에서 뒤로 계속해서 뻗어나가는 타구였기에 수준급 수비 실력을 갖추지 않았다면 결코 잡기 쉬운 공이 아니다.

"놓쳐라! 놓쳐라! 놓쳐라!"

형수는 주문이라도 외우는 마법사처럼 옆에서 떠들어댔다.

타구를 쫓아서 뒤로 달리던 송종섭은 급격하게 떨어지는

타구를 향해 힘껏 글러브를 뻗어봤지만, 글러브 끄트머리에 살짝 공이 맞으며 바닥으로 떨어져 버리고 말았다.

"그럼 그렇지! 네깟 놈이 잡을 리가 없지!"

송종섭의 글러브에 타구가 맞고 떨어지는 순간 형수가 펄쩍 뛰며 소리쳤다.

하지만 형수의 기쁨도 잠시.

송종섭이 아주 잠깐 공을 더듬는 사이 2루 베이스에 멈춰야 했을 크레이그 바렛이 3루를 향해 내달리기 시작했다.

크레이브 바렛이 2루 베이스와 3루 베이스의 중간 지점에 도착했을 때, 송종섭이 3루를 향해 힘껏 공을 던졌다.

"어어어어?"

형수의 벌어진 입만큼이나 눈동자도 급격하게 커졌다.

레이저 송구.

흔히들 말하는 외야수의 엄청난 송구가 송종섭의 어깨에서 뿜어져 나왔다.

"아웃!"

슬라이딩까지 해가며 크레이그 바렛이 베이스를 노렸지만, 간발의 차이로 송종섭의 송구가 3루수 윌리엄 그리피스의 글러브에 정확하게 들어가며 태그아웃을 당하고 말았다.

─우와아아아아아!

우익수 깊은 곳에서 3루까지 다이렉트로 날아온 멋진 송구에 밀워키 브루어스의 홈팬들은 기립 박수를 쳐 주며 환호성을 내질렀다.

"송구 멋지네!"

미치 네이가 인정하지 않을 수 없다는 듯 순수하게 감탄을 터뜨렸고, 주변 동료들 또한 마찬가지였다. 오직 한 사람, 형수만이 한국말로 개뾰록이 터졌다면서 저런 건 인정할 수 없다며 어깃장을 놨지만 관심을 주는 이는 아무도 없었다.

유니폼에 흙이 묻은 그대로 더그아웃으로 돌아온 크레이그 바렛을 동료 선수들이 모두 잘했다며 격려해 주었다.

"뒤통수에서 총알이 날아오는 줄 알았어! 젠장! 다음부터는 뛰지 말아야겠어!"

크레이그 바렛의 말이 아니더라도 이미 대부분의 선수들이 우익수 쪽으로 공이 날아가면 주루 플레이에 신경을 써야 한다는 걸 분명하게 머릿속에 깊이 각인시켰다.

발 빠른 크레이그 바렛마저 저렇게 잡혀 버렸으니 웬만한 선수는 시도조차 해볼 엄두가 나지 않을 것이다.

크레이그 바렛이 아웃을 당하기는 했지만, 2루에 있던 던컨 카레라스는 무난하게 홈으로 들어오며 선취 득점을 올렸다.

경기는 무난하게 진행되고 있었다.

밀워키 브루어스의 선발 투수인 애덤 슈나이더는 리그 정상급의 투수가 아님에도 불구하고 3회까지는 완벽하게 LA 다저스 타선을 막아냈다. 그야말로 호투라고밖에 설명할 길이 없는 좋은 투구 내용을 보여줬다.

하지만 타자가 한 바퀴 돌자 곧바로 선두 타자인 던컨 카레라스가 2루타를 터뜨렸고, 이어서 크레이그 바렛까지 2루타를 터뜨리며 타점을 올렸다.

주자가 없는 상황이 애덤 슈나이더에게는 좋은 일이겠지만, 이미 그의 공이 완전히 눈에 익은 LA 다저스 타자들은 더 이상 쉽게 아웃 카운트를 헌납하지 않았다.

따악!

3번 타자인 코리 시거까지 안타를 치며 1루로 출루하자 곧바로 밀워키 브루어스의 투수 코치가 마운드에 올랐다.

템포를 끊어가겠다는 의미고, 혹시라도 흥분했을지 모를 애덤 슈나이더에게 시간을 주어 냉정함을 되찾게 하려는 의도였다.

그러나 4번 타자 데니스 플린에게는 소용없는 행동이었다.

약간 높은 코스로 들어온 92마일의 포심 패스트볼은 데니스 플린의 배트를 비껴가지 못했다.

따— 아악!

좌측 펜스를 완벽하게 넘겨 버리는 투런 홈런이 터지자, 애덤 슈나이더가 고개를 절레절레 저었다.

3회까지 호투를 보여주다 4회에 3실점을 하며 순식간에 무너져 버린 애덤 슈나이더의 모습은 언제든 쉽게 볼 수 있는 흔한 메이저리그의 투수 중 한 명일 뿐이었다.

마이크 트라웃과 형수의 안타로 또다시 1점을 실점하고 나서야 애덤 슈나이더에게는 악몽과도 같았던 4회가 지나갔다.

"삼구삼진! 알았지?"

4회 말, 수비를 하기 위해 마운드로 향하는 나에게 형수가 재빨리 다가와 그렇게 말했다.

1회부터 3회까지 단 한 명의 타자도 출루를 허용하지 않았던 나였기에 이번 4회 말에는 다시 한 번 송종섭과의 대결이 예정되어 있었다.

정규 시즌 마지막 경기다.

메이저리그 2년 차에 불과한 나였지만, 어느 누구도 나를 갓 메이저리그에 적응한 햇병아리로 보지 않았다.

오늘 경기 전까지 27승을 올린 메이저리그 최정상급의 투수, LA 다저스 선배였던 클레이튼 커쇼의 뒤를 이어 지구 최강의 투수라 불리고 있는 슈퍼 에이스다.

타석으로 들어선 밀워키 브루어스의 1번 타자 제이슨 워커를 공 두 개로 땅볼 아웃 처리하고 다시 한 번 송종섭과의 대결을 시작했다.

　　　　*　　　　*　　　　*

　잘게 떨리는 두 손을 새하얀 손이 따뜻하게 잡아주었다.

　그제야 가녀리게 떨리던 손이 안정을 되찾았다.

　"혜영, 제리를 믿어봐."

　에바의 말에 정혜영은 누가 봐도 안쓰러운 미소를 지으며
고개를 끄덕였다.

　하지만 두 사람 모두 안다.

　지금 마운드 위에서 공을 던지는 투수는 절대 만만한 투수
가 아니라는 사실을. 아니, 솔직하게 말해서 타석에 서 있는
송종섭이 어떻게 할 수 있는 수준의 투수가 아니라는 걸 너무
나도 잘 알고 있었다.

　한때는 그 누구보다 열렬히 응원했던 투수다.

　그러나 이제는 그토록 마음 깊이 응원했던 투수가 아닌 타
자를 응원해야만 했다.

　─몸 쪽 꽉 찬 스트라이크! 척의 패스트볼은 여전히 위력적
으로 타자를 압박하고 있군요! 저런 위력적인 패스트볼을 과
연 제리 송이 칠 수 있을지 의문이 듭니다.

　─제리 송은 굉장히 재능이 뛰어난 타자입니다. 밀워키 구
단의 웨스먼 단장은 제리 송이 머지않은 미래에 리그를 대표
하는 외야수 중 한 명으로 성장할 것이라고 확신한다고 했습

니다.

―그렇게 말을 하는 웨스먼 단장의 유망주 평가는 솔직히 의문을 많이 남기지요. 하하하!

―그건 그렇습니다. 가장 가까운 예로 오늘 상대하고 있는 다저스의 포수 형수 장을 말할 수 있겠습니다. 물론 다저스에게서 마리아 파헬슨이라는 초특급 내야 유망주를 데리고 올 때만 하더라도 모두가 다저스가 미쳤다고 했지만, 아시다시피 현재 파헬슨은 메이저리그 적응에 실패하며 극도의 타격 부진으로 마이너리그로 내려가 있는 상황 아니겠습니까? 결과적으로는 현재 무섭도록 성장해서 척과 환상의 호흡을 보여주고 있는 형수 장은 이미 내년 시즌부터 다저스의 주전 포수로서 거의 확정적이라고 할 수 있으니 웨스먼 단장으로서는 속이 쓰릴 수밖에 없을 겁니다.

―스윙! 제리 송의 배트가 위협적으로 휘둘러졌지만, 척의 컷 패스트볼을 맞추지는 못했군요!

―헛스윙을 한 제리 송의 표정이 분해 보입니다. 인상이 무척이나 날카로운 제리 송이라 그런지 투수에게는 꽤 위협적으로 보일 수도 있을 것 같습니다.

―타자의 도발에 쉽게 넘어가거나 위협적인 표정에 겁을 먹을 척이 아니죠. 제리 송은 분한 얼굴로 투수를 노려보는 것보다는 냉정하게 다음 공을 머릿속에 생각해서 타격을 해

야만 이전 타석처럼 삼진을 당하지 않을 거예요.

캐스터와 해설자들의 중계를 들으며 에바가 살짝 눈을 찌푸렸다.

가만히 듣고 있으면 이게 밀워키 브루어스 중계진인지, LA 다저스 중계진인지 의문이 들 정도였다. 분명 타석에 선 타자가 송종섭이 아닌 밀워키 브루어스를 대표하는 타자였다면 분명 다른 식으로 말을 했을 것이라 생각하니 아쉬운 마음이 들었다.

에바는 안타까운 시선으로 TV를 뚫어져라 쳐다보고 있는 정혜영을 슬쩍 바라봤다.

그리고 에바의 시선이 조금 더 아래로 내려갔다.

불룩하게 나와 있는 정혜영의 배.

임신 8개월.

아이의 아빠는 다른 누구도 아닌 현재 차지혁과 대결을 벌이고 있는 송종섭이다.

사나운 인상, 툭툭 내뱉는 시비조의 말투, 거칠고 과격한 행동.

처음 송종섭을 만났을 때, 에바는 정혜영이 어쩌다 저런 남자와 만나게 되었는지 이해가 가질 않았다. 비록 짝사랑이라고 하지만 그토록 사랑했던 차지혁과는 너무나도 상반되는 남자였기 때문이다.

하지만 남녀 사이는 당사자가 아니면 누구도 이해할 수 없는 부분이라 에바는 그저 정혜영의 선택이, 그녀의 사랑이 행복하기만을 진심으로 바랐다.

그나마 다행이라면, 겉모습과 다르게 송종섭은 정혜영에게만큼은 최선을 다하려고 한다는 사실이었다. 거기에 비록 마이너리거였지만 넘치는 재능과 메이저리거가 되고자 하는 열정이 머지않아 성공을 할 것임이 분명해 보였기에 희망을 걸어볼 만했다.

정혜영의 바람과 헌신적인 내조 덕분인지 메이저리거가 된 송종섭은 재능을 인정받고 있었다. 그가 바라던 투타 겸업의 선수는 되기 힘들었지만, 타자로서의 성공 가능성은 확실해 보였다.

정혜영의 선택이 한순간의 어리석음으로 빚어진 결과가 아니었고, 그녀가 불행하지 않을 것 같았기에 에바 역시도 송종섭을 대하는 태도를 조금씩 바꿔가고 있는 중이었다.

—아웃! 낮게 깔려 들어오는 101마일의 포심 패스트볼에 제리 송 꼼짝도 못 하고 루킹 삼진을 당하고 마는군요! 아쉽지만 다음 타석을 기대해 봐야 할 것 같군요.

캐스터의 말이 끝나기가 무섭게 손에 잔뜩 힘을 주고 있던 정혜영이 작은 한숨과 함께 힘을 풀었다.

"지혁 씨는 여전하네."

희미하게 웃으며 말을 하는 정혜영에게 에바가 고개를 끄덕였다.

"이제는 메이저리그 최고의 투수가 되었으니까. 하지만 너무 실망할 것 없어. 제리도 1, 2년 후에는 분명 메이저리그를 대표하는 선수가 될 테니까. 그것보다도 결혼 준비는 다 끝난 거야?"

"종섭 씨도 그렇고 나도 그렇고 당장은 어떻게 할 수가 없는 상황이라서 우선은 삼촌분이랑 동료 선수 몇 명만 부르려고."

결혼식이야 어차피 당사자들만 즐겁고 행복하면 그만이라는 생각이 강했기에 에바는 크게 염려하지 않았다. 물론 부모님이 참석하지 않는 결혼식이 얼마나 즐겁고 행복하겠냐마는 굳이 말을 꺼내 정혜영의 마음을 아프게 할 필요는 없었기에 에바는 필요한 게 있냐는 물음을 건넸다.

결혼과 출산, 어떻게 보면 여자에게는 가장 큰 변화를 앞두고 있었기에 에바는 최대한 많은 부분을 도와주고 신경을 써 줄 생각이었다.

이런 저런 이야기를 나누고 나서야 에바가 정혜영의 손을 잡으며 말했다.

"난 진심으로 혜영이 행복하길 바라고 있어. 그럴 수 있지?"

정혜영은 에바의 진심어린 말에 빙긋 웃으며 대답했다.

"물론이지. 종섭 씨도 그렇고 나도 그렇고 정말 행복하게 살자고 매일같이 다짐하고 있어."

말을 마치고 정혜영이 TV로 시선을 돌리니 마침 카메라가 외야 수비를 준비 중인 송종섭의 모습을 담고 있었다.

우연찮은 만남을 계기로 그를 알게 된 정혜영은 마이너리그에서 선수 생활을 하고 있는 송종섭을 응원하기 시작하면서 연인 관계로까지 발전하게 됐다.

처음에는 거친 말투와 표정이 무서웠지만, 그라운드 위에서 누구보다 열정적으로 야구를 하는 모습에 점점 마음이 열리고 말았다. 물론 차지혁에 대한 미련을 털어내기 위해 더욱더 의도적으로 송종섭의 경기를 찾아다녔던 것도 사실이다.

그 점이 아직까지도 미안함으로 자리를 잡고 있는 정혜영이었지만, 이제는 온전히 송종섭을 사랑하고 있었기에 부모님이 반대하는 결혼이라 하더라도 반드시 행복하게 잘사는 모습을 보여 훗날에는 용서를 구하겠다 다짐하고 있었다.

―와우! 제리 송! 이전의 아쉬움을 충분히 만회할 만한 멋진 다이빙 캐치를 보여줬군요! 오늘 경기 최고의 수비 장면이 되지 않을까 싶습니다!

몸을 사리지 않고 다이빙을 하며 안타성 타구를 잡아내는 송종섭의 모습에 정혜영은 예쁜 미소를 짓고 있었다.

*　　　*　　　*

세 번째 타석.

송종섭은 눈에서 불이라도 뿜어낼 것처럼 날 노려보고 있었다.

연타석 삼구삼진으로 자존심에 엄청난 상처가 되겠지만, 그런다고 봐줄 생각이나 설렁설렁 공을 던질 마음은 손톱만큼도 없었다.

부웅!

초구부터 배트를 휘두르며 패스트볼을 노렸지만, 바깥쪽으로 살짝 빠져나가는 투심 패스트볼에 배트가 닿지 않았다.

몸 쪽 낮은 코스로 날아오는 공을 어떻게든 걷어보려 배트를 휘둘렀지만, 파울 타구를 만들어내는 게 전부였다.

그리고 다시 마지막 세 번째 공.

퍼어어어엉!

부웅―!

아주 오랜만에 던진 라이징 패스트볼이 깔끔하게 포수 미트에 박히면서 세 번째 삼구삼진을 재회의 마지막 선물로 안겨주었다.

타석에 서서 가만히 날 바라보던 송종섭은 크게 한숨을 내

쉬더니 몸을 돌렸다.

형수와 나는 서로를 바라보며 고개를 갸웃거리다가 다시 경기에 집중하기 시작했고, 7회 말에도 밀워키 브루어스의 타자들을 상대로 완벽한 투구 내용을 이어나갔다.

그리고 마지막 9회 말에도 선두 타자를 시작으로 마지막 9번 타자까지 완벽하게 잡아내며 시즌 두 번째 퍼펙트게임을 달성했다.

2028년 시즌 2번째 퍼펙트게임을 시즌 마지막 선발 경기에서 만들어냈다는 사실이 무척이나 뿌듯했다.

언제나 그렇듯 퍼펙트게임을 달성하고 나자 1시간이 넘는 인터뷰가 진행됐다.

피곤하기만 한 인터뷰를 마치고 클럽 하우스로 돌아오자 전혀 예상하지 못했던 사람이 날 기다리고 있었다.

"오랜만이다."

아직까지 유니폼을 갈아입지 않은 송종섭이 날 향해 손을 내밀었고, 나는 잠시 멈칫한 상태로 녀석의 얼굴을 바라봤다.

우리가 이런 악수를 나눌 사이였던가?

하지만 곧바로 손을 내밀어 송종섭과 악수를 나눴다.

"그래, 오랜만이다."

잠시 말이 없었다.

나도 그렇고 나를 기다린 송종섭 역시도 악수와 첫 마디를 나눈 이후 쉽게 입을 열지 않았다.

"씨발 새끼. 넌 옛정도 없냐?"

거칠게 툭 내뱉는 말투였지만, 예전과는 분명 다른 느낌이 들었다.

"무슨 옛정? 우리가 그런 걸 나눌 만한 사이는 아니었던 걸로 기억하는데."

"…그건 그러네."

내 대꾸에 송종섭이 픽픽 웃었다.

"시간 되냐?"

어차피 오늘 선발 투수였기에 내일 경기를 준비할 필요도 없었고, 내일과 모레까지 밀워키 브루어스와 경기를 치러야 했기에 급할 건 없었다.

내가 고개를 끄덕이자 송종섭이 곧바로 말했다.

"경기장 밖에 싸고 괜찮은 단골 피자집이 있는데 한 판 쏠 테니까 가자."

먼저 앞장서서 걸어가는 송종섭의 모습을 바라보며 내가 저 녀석과 할 말이 있나 싶었지만, 이제 와서 뒤로 빼기에도 그렇고 나는 할 말이 없어도 녀석은 뭔가 할 말이 있는 것 같았기에 따라 움직였다.

송종섭이 안내한 단골 피자집은 경기장 바로 코앞에 위치하고 있는 조그마한 가게였다.

테이블이라고 해봐야 고작 3개가 전부였기에 수입의 원천은 테이크아웃이라는 걸 알 수 있었다.

"헤이~ 제리!"

가게로 들어서자 퉁퉁한 흑인 남자가 송종섭을 반겼다.

송종섭은 간단하게 손인사만 하고는 제집에 온 것처럼 비어 있는 테이블에 자리를 잡고 앉았다.

"오 마이 갓!"

흑인 남자가 나를 바라보고는 가게가 떠나갈 정도로 큰 소리를 내질렀다.

호들갑스럽게 날 향해 다가오더니 차지혁이 맞냐고 빠르게 물었고, 이런 상황이 낯설지 않았기에 가벼운 미소와 함께 대답을 해주었다.

몇 마디의 말과 악수를 해주고 나서야 송종섭의 맞은편에 앉을 수 있었다.

"역시 메이저리그 최고의 투수는 다르네."

이건 비아냥거리기 위해 한 말이 분명했다.

형수였다면 대번에 버럭 소리를 내질렀겠지?

"그래서? 부러워?"

내 대꾸에 송종섭이 바람 빠지는 웃음소리를 냈다.

"씨발, 존나게 부럽다."

그렇게 대꾸한 송종섭은 고개를 돌리고는 버럭 소리를 내질렀다.

"피자!"

주방에서 알겠으니 조금만 기다리라는 대꾸가 나왔고, 송종섭은 입에 붙은 듯 '씨발' 이라는 욕을 연신 내뱉으며 흑인 남자를 향해 구시렁거렸다.

그런 송종섭을 바라보다 문득 이상한 점이 느껴졌다.

"너 영어 못하냐?"

내 물음에 송종섭이 아주 잠깐 표정이 경직됐다.

표정만으로도 대답은 충분했다.

미국에 온지 몇 년인데 아직도 영어를 제대로 못하다니.

"학교 자퇴하고 바로 미국으로 갔다고 들었는데?"

"한국 놈이 한국말만 잘하면 그만이지. 영어는 개뿔."

"그럼 한국에 살아야지 왜 미국에 사는데? 꼴통새끼."

나도 모르게 뒷말이 나왔고, 송종섭은 나를 가만히 바라보다 킥킥거렸다.

"샌님처럼 야구밖에 못하는 놈인 줄 알았더니 아닌가 보네."

"실없는 소리 그만하고. 용건이 뭐야?"

내 물음에 송종섭의 시선이 가게 한쪽 구석에 놓여 있는 담배에 머물렀다.

"밖에서 한 대 피우고 오든지."

송종섭이 고개를 저었다.

"끊었어. 앞으로 태어날 아……. 어쨌든 담배하고 술하고 다 끊었어."

"결혼했어?"

"반쯤."

다른 사람이었다면 누구냐, 어느 나라 사람이냐, 언제 했냐 등등 질문이 이어졌겠지만 송종섭에게는 굳이 그런 질문을 할 의미를 못 찾았기에 그저 고개만 끄덕이고 말았다.

"내가 일부러 그런 것도 아니고 어쩌다 사고가 난 건데……."

지난 과거를 꺼내는 송종섭의 이야기를 그저 가만히 듣고 있었다.

"미국에 와서도 한 일 년 정도는 정신 못 차리고 방황 좀 했지. 얼굴도 그때 생긴 거고. 그러다……."

방황하던 송종섭을 끝까지 포기하지 않고 바로 잡아준 사람은 녀석의 외삼촌이자 한때는 일석고등학교의 투수 코치였던 정해용이었다. 조카의 천재적인 재능을 어떻게든 살리기 위해 자신의 삶까지 포기하면서 송종섭을 끌어안은 사람이니, 대단하다는 생각이 절로 들었다.

"솔직하게 말해서 네가 한국 프로 무대에서 잘나가는 꼴을 보니까 배알이 꼴리더라. 나보다 공도 느린 새끼가 강속구 투수네 어쩌네 하면서 떠들어대는 것들도 병신 같고, 네가 던지는 공도 제대로 못 치는 타자들도 전부 허접쓰레기들 같고……."

말을 하며 킥킥 거리는 송종섭이었는데, 자기 자신을 조롱하는 것 같았다.

"옆에서 부추기던 삼촌 때문에 그렇기도 하지만 난 야구를 시작하면서부터 내가 세상에서 가장 잘난 놈이라고 생각했다. 내 또래에 나보다 빠른 공을 던지는 놈을 한 명도 못 봤으니까 뭐 우쭐했던 거지. 중학교 때 감독이 그러더라. 너 같은 놈은 투수를 해선 안 된다고, 살인 무기나 던지는 놈은 절대 마운드에 올라서선 안 된다고. 그러다 일석고에서 너를 만났고, 네가 그랬지? 무법자라고, 나를 마운드에 올려 줄 감독은 없다고. 그렇지 않아도 나보다 공도 느린 네가 전국 최고니 어쩌니 하니 마음에 들지 않는데 중학교 감독과 같은 소리를 하니까 얼마나 기분이 더럽던지. 아마 삼촌이 코치로 있지 않았다면 야구부에서 쫓겨나더라도 네 얼굴에 주먹을 날렸을 거다."

"누가 맞아 준대?"

"푸하하하하!"

송종섭이 진심으로 재밌다는 듯 커다랗게 웃었다.

그러는 사이 따끈따끈한 피자가 나왔다.

"척의 열렬한 팬으로서 그 여느 때보다도 맛있게 만들었습니다! 단언하건대 밀워키에서 가장 맛있는 피자일 거라고 자부합니다!"

"먹어. 보기에는 후져 보여도 가격도 싸고 맛 하나는 정말 좋으니까."

송종섭은 피자를 우걱우걱 씹어 먹으며 말했다.

흑인 남자, 가게 주인이라며 자신을 더슨이라고 한 그의 말대로 피자는 정말 맛있었다.

"정말 맛있습니다. 말처럼 밀워키 최고의 피자일 것 같습니다."

내 말에 더슨의 얼굴에 자부심이 가득 차올랐다.

배가 고팠던지 송종섭은 말없이 피자만 묵묵히 씹어댔다.

나 역시 경기 직후 제대로 된 식사를 하지 못했기에 천천히 피자를 먹었다.

"꺼억~! 이제야 좀 살겠네!"

피자를 깨끗하게 다 먹고 나자 송종섭이 만족스럽게 웃으며 남아 있던 콜라를 들이켰다.

"덕분에 정말 맛있는 피자 먹었다."

"맛있었다면 됐지 뭐."

"그런데 정말 나한테 하고 싶은 말이 뭐야? 설마 나한테 네 과거 이야기를 들어 달라는 거야?"

내 말에 송종섭이 모자를 벗으며 치렁치렁한 머리카락을 벅벅 긁었다.

"씨발, 머리가 길면 보기에는 좋은데 이래저래 엿 같단 말이야."

녀석이 하는 꼴을 가만히 보고 있자 대충 머리카락을 뒤로 쓸어 넘기고는 입을 열었다.

"그러니까 오늘 너한테 하고 싶은 말은……."

Chapter 8

"어딜 갔다 온 거야?"

호텔에 들어서자 형수가 얼굴을 찌푸리며 언성을 높였다.

인터뷰를 마치고 곧바로 아무런 말도 없이 송종섭과 이야기를 나누는 바람에 내가 없어진 줄 알고 클럽 하우스가 한바탕 난리가 났다고 했다.

"종섭이 좀 만나고 왔어."

"뭐! 누굴 만나?"

형수가 깜짝 놀라며 날 바라봤다.

"그 새끼가 왜? 무슨 해코지라도 했어?"

말과 함께 내 몸을 위아래로 훑어보는 형수였다.

"왜? 싸움질이라도 했을까 봐?"

"그럴 수도 있지! 종섭이 그 새끼가 어디 보통 놈이냐? 네가 무서서 그랬지, 그 새끼가 널 얼마나 잡아먹으려고 항상 벼르고 있었는지 알아? 오늘 그런 치욕을 당했는데 가만히 있으면 그게 더 이상하지 않겠냐?"

"고맙다던데."

옷을 벗으며 그렇게 말하고는 샤워를 하기 위해 욕실로 들어갔다.

"뭐? 뭐라고?"

형수의 목소리는 곧바로 샤워기에서 쏟아지는 물소리에 묻혀 사라졌다.

쏴아아아아—.

물줄기를 맞으며 종섭이가 했던 말을 떠올렸다.

"진심이다. 네 덕분에 지금까지 버틸 수 있었어. 네 입장에서는 무슨 지랄 같은 소리냐고 들릴지 모르겠지만, 내가 망가진 몸을 만들면서 악착같이 버틸 수 있었던 원동력이 바로 너였다. TV 속에서 화려하게 스포트라이트를 받는 널 보면서 반드시 내 손으로 부숴 버리고 말겠다고, 널 내 앞에 무릎 꿇리고 말겠다고 다짐하면서 버텼다."

"마이너리그를 거쳐서 메이저리그에 올라왔을 때만 하더라도 자신이 있었는데… 씨발, 내 생각처럼 되질 않더라. 지금도 누구보다 빠른 공은 던질 수 있다 자신하는데 그뿐이야. 네 말대로 내 뜻대로 컨트롤도 하지 못하는 공을 던져 봐야 무슨 소용이 있겠어? 그리고 쪽팔리지만… 그때 기억 때문인지 힘껏 공을 던질 수도 없겠더라."

"구속? 믿을지 모르겠지만 비공식으로는 105마일까지 던져 봤다. 씨발, 진짜라니까! 그런데 포수가 잡을 수 없는 곳으로 날아가서… 어쨌든 그러다 보니까 외야에서 힘껏 공을 던질 때면 가슴이 뻥 뚫리는 기분도 들고 있는 힘껏 공을 던질수록 모두가 환호를 해주니까 기분이 좋더라. 투수? 내 꼴을 보고도 그런 말이 나오냐? 이제 마운드에 올라가고 싶지도 않다. 그냥 맘 편하게 타자로 타석에 서서 투수가 던지는 공을 치는 게 더 편하고 좋아. 그리고… 투수를 두들겨 패는 기분도 들어서 짜릿하고. 킥킥!"

"고맙다. 이 말 하고 싶어서 보자고 했다. 네 입장에서는 황당하겠지만, 나한테 너라는 존재는 부수고 싶은 경쟁자였다. 뭐, 오늘은 개쪽이나 당하고 말았지만. 개새끼야! 그딴 엿 같은 표정 짓지 마! 이제 시작일 뿐이니까. 다음에 만나면 홈런을 때려 버릴 테니까 긴장하고 있어! 알겠냐? 새끼! 쪼개기는."

송종섭의 진심을 듣게 될 줄이야.

확실히 녀석은 내가 알고 있던, 내 기억 속에 존재하고 있던 녀석이 아니었다.

달라졌다.

피자 가게를 나와서 다시 한 번 악수를 했을 때에는 녀석의 손이 무척이나 거칠다는 걸 느낄 수 있었다.

얼마나 많은 시간 배트를 휘두르며 노력을 했는지 충분히 알 수 있는 순간이었다.

그렇게 다음의 만남을 기약하며 헤어졌다.

다만.

"야! 차지혁! 너… 혹시 15일에 시간 되냐? 그때… 나 결혼하는데 시간 되면 와서 밥이라도 한 끼 하고 가던지."

"우리 와이프 존나 예쁘다. 솔직히 내 입장에서는 네 여친보다 우리 와이프가 백배는 더 예쁘다. 사진 보여줄까?"

"이 새끼 표정 봐라? 완전 반한 표정인데? 그래도 이미 내 꺼라고 확실하게 도장 쾅! 찍었다! 두 달 후면 아기도 태어나고. 너도 그렇겠지만, 훈련으로 힘들다가도 와이프 사진 보면 저절로 힘이 나더라. 꼭 성공해서 와이프랑 태어날 아기랑 같이 누구보다 행복하게 살 거다. 그러니까 시간 되면 와서 축하나 해 줘라."

송종섭의 와이프.

사진을 보여주며 말을 하는 내내 입가에 행복한 미소를 짓고 있던 녀석의 사랑하는 여자가 정혜영일 줄은 상상도 못 해 본 일이었다.

"사람의 인연이 참 알 수 없다……."

벌컥!

"도저히 궁금해서 못 참겠다! 종섭이 그 새끼가 왜 너한테 고맙다고 한 건데? 무슨 더러운 개수작을 부리려는 거 아니야? 도대체 왜 고맙다는데? 너 혹시 돈 빌려 줬냐?"

욕실로 들어 온 형수를 바라보며 한 가지를 다짐했다.

"15일에 나랑 어디 좀 같이 가자."

*　　　*　　　*

2028년 메이저리그가 끝이 났다.

31전 28승 1패.

256이닝을 던졌고, 15실점으로 0.53의 평균자책점을 기록했으며, 427개의 탈삼진을 잡아냈다.

2년 연속 200이닝을 던지며 강철 같은 체력과 어깨를 자랑했고, 작년보다 더 낮아진 0.53의 평균자책점은 모두를 질리게 만들었으며, 427개의 탈삼진은 현대 야구 기록에서 최고로 평가를 받았던 놀란 라이언의 1973년 383개의 탈삼진 기록을 갈아치우며 '퍼펙트 K'라는 또 하나의 별명을 얻게 만들었다.

일부 언론에서는 1886년 맷 킬로이가 기록한 513개의 탈삼진도 깨트릴 수 있지 않을까 하는 기사를 썼지만 솔직히 그 기록은 현대 야구에서는 불가능했다.

어느 누구도 이견이 없을 정도로 만장일치의 사이영상과 MVP를 예약했으며, 이 기록 또한 메이저리그 최초로 2년 연속 사이영상과 MVP를 수상하는 경이적인 선수라는 언론의 보도는 누구라도 고개를 끄덕일 수밖에 없었다.

그렇게 메이저리그에서의 두 번째 시즌은 끝이 났다.

하지만 끝나 버린 시즌과는 별개로 가장 중요하다 할 수 있는 디비전 시리즈가 기다리고 있었다.

상대팀은 재밌게도 와일드카드 결정전을 통해 극적으로 디비전 시리즈에 올라온 샌디에이고 파드리스였다.

천문학적인 금액을 쏟아붓고도 LA 다저스 때문에 지구 1위를 차지하지 못한 샌디에이고 파드리스였지만, 역시 돈의 힘이 절대 가볍지 않다는 걸 끝까지 보여주듯 피츠버그 파이리츠와의 와일드카드 결정전을 통해 대승을 거두며 디비전 시리즈에 올라올 수 있었다.

내셔널리그 승률 1위를 차지한 LA 다저스로서는 와일드카드를 따낸 샌디에이고 파드리스와 숙명과도 같은 디비전 시리즈를 준비해야만 했다.

많은 전문가들과 언론에서는 벌써부터 내셔널리그 서부 지구의 새로운 라이벌 매치가 생겼다며 떠들었고, 팬들 사이에서도 열기가 과도할 정도로 치솟고 있었다.

디비전 시리즈 1차전은 10월 8일에 다저 스타디움에서 펼쳐진다.

더불어 내셔널스 파크에서는 워싱턴 내셔널스와 세인트루이스 카디널스의 디비전 시리즈 1차전도 열린다.

하루 전인 오늘은.

─오스카 맥스! 또다시 역전 투런 홈런을 터뜨렸습니다! 양키 스타디움을 침묵으로 빠트리는 역전 투런 홈런! 오늘 경기 두 번째 홈런을 터뜨리며 에인절스의 승리를 이끕니다!

와일드카드 결정전을 통해 보스턴 레드삭스를 꺾고 디비전 시리즈에 진출한 LA 에인절스는 뉴욕에서 벌어진 양키스와의 디비전 1차전에서 9회 초, 오스카 맥스의 투런 홈런으로 역전에 성공했다.

"오스카 맥스가 완전히 펄펄 날아다니는 걸 보면 로키스에서 엄청나게 속이 쓰릴 거야?"

"그렇겠지. 올 시즌 오스카를 이적시키고 데리고 온 조슈엘바가 중간에 부상으로 시즌 아웃 당하면서 변변하게 활약을 하지 못했으니 오스카가 그럽겠지."

"이런 거 보면 참 재밌단 말이야. 한물갔다는 평가를 받아 미련 없이 버린 오스카 맥스는 펄펄 날았고, 이제 막 전성기를 향해 폭주하던 조슈 엘바는 시즌 초기부터 부진하더니 중간에 시즌 아웃까지 당해 버리고. 이래서 야구가 참 재밌어. ㅎㅎㅎ!"

형수가 웃으며 아몬드를 한 움큼 집어서 입에 털어 넣었다.

아드득 소리와 함께 형수의 입 속에서 무참하게 부서지는 아몬드의 비명 소리를 들으며 TV에 시선을 고정시켰다.

작년까지 콜로라도 로키스에서 뛰었던 오스카 맥스는 주전 경쟁에서 밀려나 결국은 LA 에인절스로 유니폼을 갈아입었다.

올해 34살의 오스카 맥스를 영입했을 때만 하더라도 에인절스 팬들은 크게 반겨하질 않았다. 이미 기량이 떨어진 오스카 맥스보다 더 좋은 외야 자원이 많았기 때문이다. 특히 이적에 큰 관심을 보이고 있던 조슈 엘바를 잡지 못한 에인절스 구단을 향한 팬들의 비난은 대단했다.

그러나 시즌이 시작되면서부터 오스카 맥스는 자신의 전성기는 이제 시작이라도 됐다는 듯 연일 맹타를 휘둘러 댔고, 결국 3할의 타율과 21개의 홈런을 터뜨리며 2028년 에인절스 최고의 계약 선수라는 타이틀을 거머쥘 수 있었다.

그런 오스카 맥스는 디비전 시리즈에서도 뉴욕 양키스를 상대로 2개의 홈런을 터뜨리며 끝내 1차전 승리의 최고 수훈 선수가 되었다.

"디트로이트 경기도 끝났네. 예상대로 디트로이트가 오클랜드를 이기면서 1차전을 가져갔다."

핸드폰을 만지작거리던 형수가 디트로이트 타이거즈의 홈구장인 코메리카 파크(Comerica Park)에서 열린 오클랜드 애슬레틱스와의 디비전 시리즈 1차전의 결과를 알려주었다.

아메리칸리그 디비전 시리즈에 진출한 팀은 뉴욕 양키스, 디트로이트 타이거즈, 오클랜드 애슬레틱스, LA 에인절스였다. 비록 전문가들의 예상과 다르게 양키스가 에인절스에게 1차전에서 패배하긴 했지만 아직 4번이나 경기가 남아 있었기에 최후의 승자가 누가 될지는 섣부르게 예측할 수 없었다.

나와 형수에게 중요한 건 하나다.

어느 구단이 승리를 가져가더라도 가장 마지막까지 치열하게 경기를 치르며 월드 시리즈에 진출하길 희망할 뿐이다.

"마지막까지 피터지게 싸워서 너덜너덜해져서 월드 시리즈에 올라와라. 흐흐흐!"

형수의 말에 나 역시 웃고 말았다.

TV에서는 내일 벌어질 내셔널리그 디비전 시리즈에 대한 프리뷰가 시작되고 있었다.

"푸하하하하하!"

TV를 보던 형수가 커다랗게 웃음을 터뜨리며 즐거워했다.

그도 그럴 것이 모든 전문가와 기자들이 LA 다저스와 샌디에이고 파드리스의 디비전 1차전의 승리 팀을 만장일치로 LA 다저스를 꼽았기 때문이다.

전문가들과 기자들은 LA 다저스의 승리를 선택함에 있어 고민조차 하지 않았다.

단 하나의 이유, 바로 내가 선발 투수로 등판하기 때문이었다.

"내가 샌디에이고 감독이면 과감하게 선발 로테이션을 완전히 꼬아버린다. 어차피 이길 확률이 떨어지는 경기에 에이스를 왜 등판시켜? 안 그러냐?"

형수의 물음에 나는 웃고 말았다.

냉정하게 따져서 단기 승부에만 초점을 맞춰서 3승만을 고집하겠다면 형수의 생각이 딱히 틀린 건 아니다.

효율성에서는 그것보다 더 좋은 방법을 찾기가 힘들다.

하지만 그런 식으로 선발 로테이션을 바꿔 버리면서까지 승리를 고집한다면 감독의 명성과 선수들에 대한 신뢰감을 대폭 잃을 수밖에 없어진다.

특히, 로테이션이 바뀐 선발 투수의 자존심은 어디서도 회복할 수 없다.

메이저리그 스타급 선수의 자존심과 명예는 말할 수 없을 정도로 높다.

팀 승리를 위해 자신의 자존심과 명예를 버린다?

메이저리그에서는 쉽게 볼 수 없는 일이다.

그런데 놀랍게도 형수의 생각이 현실로 변했다.

"뭐, 뭐야?"

경기 시작 4시간 전에 샌디에이고 파드리스에서 선발 투수 변경을 알려왔다.

1선발 투수이자 에이스인 맥스 프리드가 허리 통증으로 불가피하게 선발 투수를 변경한다는 내용이었는데, 덕분에 오늘 LA 다저스 타자들은 5선발 투수인 그렉 오도밀을 상대해야만 했다.

허리 통증?

그럴 수는 있다.

투수의 몸은 무척이나 예민하니까.

하지만 디비전 시리즈 1차전을 앞두고 팀 에이스가 컨디션 조절에 실패를 한다는 건 쉽지 않은 일이다.

에이스 맞대결을 피하라는 구단과 감독의 압력이 있었는지, 맥스 프리드가 직접 날 피하겠다고 한 건지, 정말 갑작스런 허리 통증을 느꼈는지는 알 수 없지만 샌디에이고 파드리스의 선발 투수 변경 통보는 여러 가지로 많은 의미를 던져 주고 있었다.

또한 경기가 끝나면 많은 이야깃거리를 만들 만한 일이었다.

"정말 허리 통증일까? 내가 생각했을 때는 전혀 아닌 것 같단 말이야. 뭔가 찝찝한 기분인데, 이거 나만 그런 거냐? 흐흐흐."

말을 하는 형수의 표정엔 비웃음이 가득했다.

"모르지. 사실일 수도 있고, 아닐 수도 있겠지."

나 역시 후자 쪽에 조금 더 무게를 줬다.

"어쨌든 오늘 생각보다 맥 빠진 경기가 될 것 같다."

"월드 시리즈 우승을 향한 중요한 첫 경기니까 상대 팀이 어떻게 나오든 신경 쓰지 말고 우리는 우리의 경기를 하면 돼."

내 말에 형수가 당연하다는 듯 고개를 끄덕였다.

"물론이지. 그런데 솔직하게 말해서 맥스 프리드가 나오지 않는다고 생각하니까 오늘 경기 승리가 더 쉽게 생각되는 건 사실이잖아."

형수의 말에 딱히 반박을 할 수가 없었다.

LA 다저스를 상대로 평균자책점이 2.79인 맥스 프리드와 한 경기일 뿐이라고 하지만 4이닝 6실점으로 강판당한 기억이 있는 그렉 오도밀을 비교할 순 없다.

"맞다. 그런데 도대체 15일에는 어딜 가는 건데? 최소한 어딜 가는 거라고 말이라도 해줘야 할 것 아냐? 응? 어딘데? 어디 가는 건데?"

송종섭 결혼식에 간다고 하면 형수가 뭐라고 할까?

뻔히 예상되는 모습에 나는 끝까지 침묵하기로 했다.

Chapter 9

샌디에이고 파드리스의 타선은 화려하다.

내셔널리그는 물론 메이저리그 최강의 타선이라고 불러도 손색이 없다.

1번 타자 마누엘 마고부터 시작해서 올 시즌 2번 타자로 확고하게 자리를 잡은 크리스찬 그림즈, 알렉스 잭슨, 바이런 벅스턴, 도미닉 스미스, 칼럼 레니, 윌리 아다메스, 오스틴 헤지스까지 만만한 타자가 단 한 명도 없다.

여기에 언제든 대타로 기용될 수 있는 타자들까지 생각한다면 올 시즌 메이저리그 최고의 득점력을 자랑했던 샌디에이고 파드리스의 공격력이 충분히 이해가 갔다.

딱!

'먹혔다.'

샌디에이고 파드리스의 3번 타자 알렉스 잭슨의 타구가 좌익수의 글러브에 들어가며 안도의 한숨을 내쉬었다.

명백한 실투였다.

실투율이 메이저리그 최하위에 기록되어 있는 나지만, 실투가 아예 없는 건 아니다.

중요한 건 실투를 던졌을 때, 과연 타자가 그걸 놓치지 않느냐인데 다행이라면 나 같은 경우에는 실투조차 구위가 뛰어나다는 평가 때문인지 장타가 많이 나오질 않았다. 물론 중심 타자들을 상대로 집중력 있게 공을 던지기에 실투가 나온다 하더라도 하위 타선에서 대부분 이뤄져서 홈런을 맞질 않았던 거다.

하지만 방금 공은 굉장히 위험했다.

한가운데로 몰린 컷 패스트볼이었는데 다행스럽게도 알렉스 잭슨의 타격이 정확하게 이뤄지지 않으면서 타구가 먹혀서 날아갔다. 그럼에도 불구하고 좌익수가 뒤로 몇 발자국이나 물러나야 했을 정도로 멀리 날아갔으니 제대로 맞았다면 1회부터 홈런을 허용할 뻔한 아찔한 순간이었다.

"괜찮아?"

마운드를 내려온 내게 형수가 걱정스럽게 물었다.

짧은 물음 속에 꽤 여러 가지의 의미가 담겨 있었다.

혹시라도 내가 디비전이라는 큰 경기에 긴장한 것이 아닌가 하는 우려가 가장 컸다.

"걱정할 것 없어. 단순 실투니까."

"그렇지? 하긴, 경기 전까지 컨디션 좋았으니까……."

말끝을 흐리면서도 형수는 내 눈치를 살폈다.

더그아웃으로 들어가서 외투를 걸치고 자리에 앉았다.

그 여느 때보다도 월드 시리즈 우승에 대한 기대와 희망이 큰 시점이었다.

디비전 1차전에서 월드 시리즈를 말한다는 게 성급할 순 있지만, 어쨌든 첫 스타트를 얼마나 잘 끊어주느냐가 중요한 건 사실이었다. 그래서인지 말은 하지 않고 있었지만, 게레로 감독부터 시작해서 코치진, 선수들까지도 모두 은연중에 느끼고 있는 긴장감이 상당했다.

경기 직전까지 나와 실없는 소리를 해댄 형수마저도 막상 경기가 시작되니 긴장한 얼굴을 감추지 못하고 있었으니까.

"후우우우."

이럴 때 에이스로서 굳건한 모습을 보여야 한다.

절대 흔들리지 않는다는 믿음을 보여줘서 모두가 신뢰할 수 있게끔 해야 한다.

"긴장하는 거야?"

트라웃이 내 옆에 앉으며 그렇게 물었다.

"긴장되기보다는 뭐랄까……."

명확하게 지금의 상황을 설명할 수 있는 단어가 떠오르지 않아 말을 흐리니 트라웃이 빙긋 웃었다.

"메이저리그 2년 차 루키에게 너무 많은 사람들이 의지를 하고 있으니 그 부담감이 적지 않겠지. 너와는 비교할 수 없겠지만 나 역시 비슷한 경험을 했기에 지금 네가 무슨 심정일지 어느 정도는 이해가 가."

다른 누구도 아닌 트라웃이라면 충분히 고개를 끄덕일 만하다.

"올 시즌 너로 인해 다저스가 지구 1위를 할 수 있었어. 만약 네가 없었다면 분명 파드리스에게 1위 자리를 뺏겼을 거야. 이건 누구라도 알고 있는 사실이니 겸손해할 필요 없어. 그러니까 오늘 경기에서도 왜 우리가 파드리스를 누르고 지구 1위를 할 수 있었는지 확실하게 보여줘. 긴장할 것도 없고, 타자들을 신경 쓸 필요도 없어. 마운드 위에 누가 서 있는지, 어째서 메이저리그의 모든 구단들이 가장 피하고 싶은 투수가 되었는지 실력으로 증명하면 되는 거야. 할 수 있겠지?"

트라웃의 말에 내가 희미하게 웃고는 대꾸했다.

"평소처럼 던지라는 말을 참 길게도 돌려서 말하네요. 트라웃이 더 긴장하고 있는 걸 그렇게 티 내지 않아도 돼요."

"뭐?"

내 대꾸에 트라웃은 잠시 멍하니 날 바라보다 이내 크게 웃음을 터뜨렸다.

"하하하하! 이거 한 방 제대로 먹었는데!"

트라웃의 커다란 웃음소리에 더그아웃의 모든 시선이 우리에게로 쏠렸다.

"내가 고백 하나 하자면… 나 오늘 화장실을 스무 번이나 갔다 왔어. 이건 비밀이니까 누구에게도 말하지 마. 알겠지?"

아주 작은 소리로 그렇게 말을 하고 트라웃이 자리에서 일어났다.

마지막 시즌, 그리고 마지막 월드 시리즈.

무엇을 하든 마지막이라는 단어가 앞에 붙게 되는 트라웃이었기에 그의 긴장감이 다른 그 어떤 때보다도 더 클 수밖에 없을 것 같기도 했다.

그런 상황에서도 팀의 리더로서 태연한 척, 다른 선수들을 격려하며 힘을 주려고 하고 있으니 그가 얼마나 좋은 선수인지, 그리고 얼마나 믿음직스러운 선배인지 다시 한 번 느낄 수 있었다.

'내년에 재계약이 되면 좋겠는데.'

쉽진 않겠지만, 다저스 구단에서 올 시즌 트라웃의 리더쉽을 충분히 인정해 줬으면 좋겠다는 생각이 들었다.

따악!

"와우!"

내가 트라웃에 대한 생각을 하는 사이 큼지막한 타구가 시원스럽게 외야를 향해 뻗어 나갔다.

대형 홈런을 터뜨린 사람은 코리 시거였다.

1회 말, 2아웃 상황에서 선제 솔로 홈런을 날린 코리 시거였지만, 기쁜 표정이 하나도 없이 묵묵하게 베이스를 돌고 있었다.

그러고 보니 오늘 경기가 시작되기 전부터 코리 시거는 평소보다 훨씬 더 말을 자제하고 있었다.

팀의 고참 선수로 분위기를 잡기보단 스스로의 감정을 극한으로까지 조절하는 모습이었다.

잠시 잊고 있었다.

LA 다저스 선수들 중에서 월드 시리즈 우승을 가장 간절하게 원하고 있는 선수가 바로 코리 시거라는 사실을.

모두가 간절하게 원하는 월드 시리즈 진출의 첫 걸음.

'확실하게 스타트를 끊자.'

1회의 실투를 다시 한 번 머릿속에 그리며 남은 이닝 완벽하기 투구할 수 있도록 마음을 다잡았다.

＊　　　＊　　　＊

퍼어— 어어엉!

정말 저러다 포수 미트가 터져 버리지 않을까 싶을 정도의 가죽 파열음이 다저 스타디움에 울려 퍼졌다.

"스트라이크!"

뒤이어 따라오는 주심의 거친 고성.

"후우우우!"

타자는 깊은 물에 빠졌다가 겨우 올라온 사람처럼 크게 숨을 토해내기만 했다.

전광판에 찍힌 구속은 103마일.

가장 정직하지만 가장 위력적인 패스트볼 앞에 타자는 너무나도 무기력해 보였다.

한때는 메이저리그 최고의 타자라는 찬사를 받으며 정점에 올라섰던 바이런 벅스턴이지만 내 앞에 서 있는 그는 더 이상 최고의 타자가 아니었다.

투수는 나이가 들면 자연스럽게 구속부터 떨어진다.

그렇다면 타자는?

당연히 배트 스피드부터 떨어지기 시작한다.

전성기 시절 아무리 빠른 볼에 강점을 가지고 있다 평가를 받았어도 나이가 들면 자연스럽게 빠른 볼에 대한 배트 스피드부터 떨어지게 마련이다.

세월 앞에 장사 없다는 말처럼 운동선수에게 세월은 가장 커다란 벽이자, 장애물이다.

어느 순간부터 팀의 간판타자들이 내 앞에서만큼은 배트를 짧게 잡기 시작했다.

처음에는 그런 타자들에게 자존심을 버렸냐는 말들이 있었지만, 이제는 어느 누구도 배트를 짧게 잡기 시작한 타자들에게 자존심을 운운하지 않는다.

타자를 분석해서 수비 위치를 바꾸는 수비 시프트처럼, 투수인 나를 상대로 타자들이 할 수 있는 최선의 선택이 되었을 뿐이다.

쐐애애애애액.

퍼어— 어어엉!

부우웅!

"스윙! 타자 아웃!"

아무리 배트를 짧게 잡아도 제로백 슬라이더를 칠 수는 없다.

실제로 메이저리그에서 제로백 슬라이더를 선보이고부터 단 하나의 안타도 허용하지 않았다.

피안타율 제로.

실투가 나와도 제대로 치기 힘든 공.

타자들에게 제로백 슬라이더는 사형 선고를 내리는 지엄한 판사의 판결과도 같았다.

헛스윙 삼진을 당하고도 바이런 벅스턴은 조금도 분해하지도, 화를 내지도 않았다.

그저 한 번의 헛웃음.

무기력한 웃음만 한 차례 흘리고는 타석에서 몸을 돌렸다.

5회가 넘어가는 시점에서부터 샌디에이고 파드리스는 승리에 대한 집착을 깨끗하게 포기한 듯 보였다.

타자들은 최대한 많은 공을 보기 위해 노력했고, 짧게 쥔 배트를 간결하게 휘두르며 커트에만 집중을 했다.

내게서 최대한 많은 투구수를 뽑아내기 위한 단 하나의 목적에 집중된 타격이었다.

하지만 그런 타자들의 노력에도 불구하고 내 투구수는 이닝당 15개를 넘어가지 않았다.

구석구석을 찌르는 포심 패스트볼은 커트조차 쉽지 않았고, 몰린 카운트에서 결정구로 날아가는 제로백 슬라이더는 단 한 명의 타자도 제외 없이 삼진으로 내몰았다.

여기에 파워커브, 체인지업, 컷 패스트볼, 투심 패스트볼을 간혹 섞어서 던져 대니 형수가 말하길 타자 입장에서는 지옥이 따로 없을 거라고 했다.

샌디에이고 파드리스가 나를 상대로 무기력하게 무너지는

동안 LA 다저스의 타선은 말 그대로 폭발했다.

6회까지 무려 11득점에 성공하며 샌디에이고 파드리스의 마운드를 폭격한 거다.

11득점을 이끈 타자는 코리 시거와 마이크 트라웃이었다.

코리 시거는 4타수 3안타 2홈런 4타점, 마이크 트라웃은 4타수 4안타 3타점으로 베테랑으로서 큰 경기에서 보여줘야 할 활약을 백퍼센트 보여주고 있었다.

이런 타자들의 상승세를 등에 업고 나 역시도 안타 하나를 치고 있었기에 오늘 다저스 타선은 6회 만에 선발 전원 안타를 기록하고 있었다.

7회를 마치고 마운드를 내려오니 게레로 감독이 조심스럽게 교체를 제안했다.

이미 승리가 확실해진 마당에 단기전인 만큼 최대한 체력을 아끼라는 의도였다.

두 번의 출루.

4회에 발생한 수비 에러와 6회에 초구 공략을 성공하고 안타를 친 단 한 명의 타자로 인해 퍼펙트게임과 노히트 게임은 이미 물 건너갔기에 나 역시 굳이 계속해서 공을 던질 이유가 없다 여겼다.

시즌 경기였다면 9회까지 마운드를 양보하지 않았겠지만, 단기전의 특성상 굳이 체력을 소모할 이유가 없었다.

작년에 이어서 올해도 큰 경기임에도 불구하고 선발 투수로서 확실하게 역할을 했다는 뿌듯한 감정이 들었다.

내일 선발은 딜런 아담스로 충분히 연승을 기대할 만했다.

그리고 3차전 선발 투수도 존 로더키였으니 타선에서 5점 정도만 득점을 지원해 주면 충분히 승리를 따낼 수 있었다.

최상의 시나리오는 3연승으로 일찍 챔피언 시리즈에 진출해서 상대팀을 기다리는 거다.

'할 수 있다.'

현재의 LA 다저스 1, 2, 3선발 라인업은 메이저리그 최고라 불러도 부족함이 없다. 여기에 기복이 있다고 하지만 오늘과 같은 상승세를 유지하기만 한다면 타선의 지원도 역시 만만찮았기에 이대로 월드 시리즈까지는 쉽게 올라갈 수 있을 것 같았다.

승리가 확실해진 상황에서도 게레로 감독은 필승조를 투입하며 확실하게 샌디에이고 파드리스의 타선을 잠재웠다.

경기 최종 결과 13 : 0.

LA 다저스의 대승으로 디비전 시리즈 1차전이 끝이 났다.

다음 날 이어진 2차전.

예정대로 LA 다저스에서는 올 시즌 19승을 올린 딜런 아담스가 선발로 마운드에 올랐다.

샌디에이고 파드리스에서도 예정된 로테이션대로 2선발

투수 리즈 버틀러가 등판했다.

1회부터 3회까지는 한 치의 양보도 없는 투수전이 벌어졌다.

딜런 아담스는 1차전에서 완벽하게 침묵했던 샌디에이고 파드리스 타선을 상대로 2개의 피안타만을 허용하며 전날의 기운을 이어갔지만, LA 다저스 타선은 지난 경기에서의 폭발력을 전혀 보여주지 못하고 있었다.

다저스 타자들의 침묵에는 역시 올 시즌 이적료 포함 3억 달러에 육박하는 초대형 계약으로 LA 에이절스에서 유니폼을 갈아입은 리즈 버틀러의 호투에 있었다.

27살의 리즈 버틀러는 평균 95마일의 패스트볼에 체인지업과 포크볼을 주무기로 던지는 투수인데 이미 3년 전부터 내셔널리그를 대표하는 선발 투수 중 한 명으로 이름을 떨치고 있었기에 제대로 긁히는 날에는 어떤 타자가 상대라 하더라도 순순히 안타를 내주지 않았다.

아쉽게도 오늘이 바로 그런 날이었다.

리즈 버틀러의 패스트볼은 좌우상하를 구석구석 찔러댔고, 체인지업과 포크볼은 결정적인 상황마다 타자들을 농락시키며 아웃 카운트를 늘려갔다.

만약 어제 경기에 리즈 버틀러가 지금과 같은 모습을 보였다면 쉽사리 승부가 나지 않는 상당히 치열한 투수전이 벌어졌을 것 같았다. 어쩌면 연장전까지 갔을지도 모를 정도로 오늘 리즈 버틀러의 투구 내용은 박수를 쳐 줄 정도로 대단했다.

리즈 버틀러가 3회 이후로도 4회, 5회, 6회, 7회까지도 완벽에 가까운 투구 내용을 보여주었다면 승리를 믿어 의심하지 않았던 딜런 아담스는 4회에 칼럼 레니에게 솔로 홈런을 허용하며 실점을 하고 말았다.

다행이라면 홈런 한 방 맞았다고 흔들릴 딜런 아담스가 아니란 사실이다.

비록 4회에 홈런을 맞으면서 1실점을 하고 말았지만, 딜런 아담스는 19승을 올린 투수답게 이후 이닝을 훌륭하게 막아냈다.

그러나 끈질기게 풀카운트까지 가는 승부가 많았던 딜런 아담스는 결국 투구수가 발목을 잡으며 7이닝을 끝까지 채우지 못하고 마운드를 내려와야만 했다.

1점 차이였지만, 리즈 버틀러가 워낙 완벽에 가까운 투구를 이어나가고 있으니 LA 다저스로서는 패색이 짙어질 수밖에 없었다.

그럼에도 게레로 감독은 전날 좋은 컨디션으로 샌디에이고 파드리스 타선을 잠재웠던 필승조를 투입하며 9회까지 추가 실점을 허용하지 않았다.

LA 다저스의 마지막 9회 말 공격.

샌디에이고 파드리스의 마운드에 과연 누가 올라올 것인가?

8회까지 투구수 97개를 기록하며 오늘 경기 최고의 활약을 보여준 리즈 버틀러가 올라올 것인지, 마무리 투수인 로이어 크로이가 올라올 것인지 모두의 관심이 집중됐다.

"로이어 크로이가 올라왔네."

올 시즌 31세이브를 올린 로이어 크로이는 좌완 투수로 최고 100마일의 패스트볼을 던지는 전형적인 파이어볼러다.

강력한 구속과 구위를 믿고 타자를 윽박지르는 전형적인 강속구 투수인 로이어 크로이는 주로 패스트볼을 던지지만 결정구로 사용하는 80마일 후반의 슬라이더는 명품이라는 소리가 절로 나올 정도로 위력적이었다.

여기에 메이저리그 7년 차의 베테랑 마무리 투수로서 지금과 같은 상황에서 긴장감에 제 실력을 발휘하지 못할 선수도 아니었다.

9회 말, LA 다저스의 마지막 공격의 선두 타자는 케럴 발렌타인이었는데 나름대로 초구를 노려보겠다는 의지로 힘차게 배트를 휘둘렀지만, 의도와는 다르게 내야 플라이가 나오면서 허무하게 아웃 카운트를 헌납하고 말았다.

그리고 이어진 두 번째 타자는 선발 포수인 루이스 토렌스를 대신해서 대타로 타석에 들어선 미치 네이였다.

수비력이 좋은 케럴 발렌타인이 타격감까지 좋아 선발 경쟁에서 밀린 미치 네이였지만, 그는 역시 베테랑답게 노련했다. 철저하게 원하는 공을 노리고 타격에 임했고, 결과적으로 8구까지 가는 팽팽한 승부 끝에 볼넷을 얻어 1루로 출루를 했다.

1사 1루 상황에서 게레로 감독은 또다시 대타를 기용했다.

외야수 랜도 시웰.

LA 다저스에서 외야 백업 선수로 평균적인 수비력과 공격력을 갖추고 있었기에 현재 다저스 외야에 구멍이 나면 가장 먼저 그 자리를 메울 선수였다.

올 시즌 대타로는 18타석에 나와서 9개의 안타를 때렸을 정도로 성적이 상당히 좋았기에 충분히 기대를 해볼 만했다.

결과는.

부웅!

"스윙! 타자 아웃!"

바깥쪽으로 흘러나가는 슬라이더를 고르지 못하고 헛스윙 삼진을 당하고 말았다.

2아웃 1루 상황에서 다음 타자는 던컨 카레라스였지만 올 시즌 로이어 크로이를 상대로 단 하나의 안타도 때려내지 못한 그였기에 게레로 감독은 과감하게 그를 빼고 다시 대타를 기용했다.

"잘해."

내 말에 헬멧을 쓰며 형수가 무겁게 고개를 끄덕였다.

여기서 아웃을 당하더라도 형수의 책임은 아니겠지만, 심적으로 형수에게는 무척이나 부담이 갈 수밖에 없는 상황이다.

그나마 기대를 걸어볼 만한 일이라면 올 시즌 형수는 패스트볼에 상당한 강점을 드러내고 있었다는 점이다.

타석에 들어서는 형수의 모습만으로도 괜히 긴장이 됐다.

여기서 아웃 카운트 하나면 1승 1패.

승부는 원점이 되고 만다.

이미 2아웃을 잡은 상황이지만 로이어 크로이의 얼굴에도 긴장감이 숨김없이 드러나 있었다.

마무리 투수의 숙명이다.

단 1점을 지키기 위해 혼신을 다해서 공을 던져야 하는 마무리 투수의 중압감은 일반인들은 감히 상상조차 할 수 없다.

무엇보다 다 이겨놓은 경기를 패배했다는 무거운 책임감과 비난은 여러 가지로 타격이 크다.

신중하게 사인을 주고받은 후에야 로이어 크로이가 초구를 던졌다.

"스트라이크!"

바깥쪽을 걸치고 들어가는 100마일의 포심 패스트볼.

초구부터 최고 구속의 공을 던졌다는 건 그만큼 로이어 크로이가 집중하고 있다는 소리다.

형수는 타석에서 물러나 허공에 스윙을 했다.

빠른 볼이다.

아무리 빠른 볼에 강점을 보였다고 하지만 100마일의 공은 마음대로 칠 수 있는 공이 아니다.

훅하고 숨을 토해낸 형수가 자신의 뺨을 가볍게 두드리고는 타석에 섰다.

2구는 몸 쪽 깊숙한 곳으로 파고드는 볼.

공을 던지고 난 로이어 크로이가 아쉽다는 얼굴로 인상을 찌푸렸다.

제구가 흔들렸다는 증거다.

공 반 개 정도가 빠지지 않았다면 꼼짝없이 스트라이크를 내줬어야 할 정도로 좋은 공을 던졌다.

3구는 높은 코스의 볼.

유인구였지만, 형수는 그 여느 때보다도 집중력 있게 공을 골라내며 카운트를 2볼 1스트라이크로 유리하게 끌고 갔다.

하지만 곧바로 4구에서 몸 쪽 공을 무리하게 끌어당기다가 파울을 만들며 2볼 2스트라이크 상황으로 변했다.

'슬라이더에 속지 마.'

로이어 크로이라면 여기서 슬라이더를 던질 확률이 80퍼센트 이상이다.

우타자인 형수의 몸 쪽으로 가라앉는 슬라이더를 던지겠지.

다섯 번째 공이 로이어 크로이의 손을 떠났고, 내 예상대로 슬라이더였다.

그것도 몸 쪽으로 가라앉는 슬라이더.

우타자들은 저 공에 헛스윙을 할 수밖에 없다.

'속지 마.'

내가 간절하게 원했지만, 형수의 배트가 나왔다.

홈 플레이트 앞에서 가라앉는 공에 형수의 오른쪽 무릎이 무너지며 배트가 타구를 때렸다.

딱.

파울.

가까스로 헛스윙 삼진을 모면한 형수가 재빠르게 타석에서 물러나며 애꿎은 장갑을 풀며 크게 한숨을 내쉬었다.

여전히 카운트는 로이어 크로이에게 유리한 상황.

다시 한 번 슬라이더를 던질 확률은?

50퍼센트 이상.

또 같은 공에 속을까? 싶겠지만, 의외로 이런 중압감이 큰 경기에서 타자는 냉정하게 공을 볼 정도로 시야가 넓지 못하다. 특히 형수처럼 대타로 나온 데다 장타력이 있는 타자라면 머릿속에 한 방이 꽉 들어 차 있을 수밖에 없다.

그러니 방금 전과 같은 슬라이더에 헛스윙을 할 확률도 높다.

속느냐, 참느냐.

이 갈림길에서 로이어 크로이가 공을 던졌다.

'슬라이더.'

역시 로이어 크로이는 베테랑답게 다시 한 번 같은 공을 던졌다.

볼카운트도 유리한 입장이니 절로 고개가 끄덕여지는 선택이었다.

중요한 건.

형수의 허리가 이미 반이나 돌아가 있다는 사실이다.

'속았……'

완벽하게 속았다고 느끼는 순간, 형수의 하체가 가라앉으며 배트의 스윙 궤적이 완벽하게 아래에서 위로 퍼올리고 있었다.

따— 아아악!

공을 쪼개는 듯한 타격 음이 울렸고, 형수는 그대로 배트를 뒤로 내던지며 타구를 바라봤다.

좌익수의 머리 위를 총알처럼 넘어가는 타구는 그대로 담장을 넘어가 버렸다.

"으아아아아아아악!"

1루를 향해 달려가는 형수가 짐승처럼 소리를 내질렀고, 더그아웃에 있던 모든 선수가 그라운드를 향해 달려 나갔다.

역전 투런 홈런 작렬.

디비전 시리즈 2차전 최고의 선수는 장형수였다.

Chapter 10

  샌디에이고 파드리스와의 디비전 시리즈 1, 2차전을 승리
로 마감한 LA 다저스는 하루를 휴식하고 펫코 파크(Petco
Park)로 향했다.

  쉽게 대승을 거둔 1차전.

  9회말 2아웃 상황에서 이뤄진 짜릿한 역전승의 2차전.

  1, 2차전의 승리는 LA 다저스 선수단의 분위기를 최고조로
만들기에 충분했다.

  기분 좋은 휴식을 끝내고 이어진 3차전.

  더 이상 물러날 곳이 없었기에 샌디에이고 파드리스에서

는 1차전 선발이었다가 취소가 되었던 맥스 프리드를 마운드에 올렸다.

정말 허리 통증이 있었던 건지 마운드에서 공을 던지는 맥스 프리드의 컨디션이 썩 좋아보이진 않았고, 결국은 5이닝 동안 1실점을 하고 나서야 마운드를 불펜으로 넘기고 내려갔다.

반면, 승리의 기운을 이어받아 펫코 파크 마운드에 오른 LA 다저스의 3선발 존 로더키는 단순 차례로만 3선발이라는 걸 증명하고 싶었던 건지, 디비전 시리즈 승리에 대한 의욕이 강했던 건지 7이닝 동안 단 하나의 안타도 내주지 않는 엄청난 호투를 보였다.

오늘 지면 끝난다.

이 한 가지만으로 생각을 정리하고 타석에 들어선 샌디에이고 파드리스 타자들이었지만, 존 로더키의 신들린 듯한 피칭 앞에 무기력하게 무릎을 꿇고야 말았다.

최종 결과 3 : 1.

LA 다저스가 디비전 시리즈에서 3연승을 달리며 모두의 예상과는 전혀 다르게 챔피언 시리즈 진출을 확정 지었다.

LA 다저스가 3경기만으로 챔피언 시리즈 진출을 확정 지은 것과 다르게 워싱턴 내셔널스와 세인트루이스 카디널스의 디비전 시리즈는 승패를 나눠가지며 매 경기마다 한 편의 드라마를 만들어냈다.

2차전을 제외하면 긴장감과는 거리가 멀었던 LA 다저스의 경기보다는 승부의 향방을 좀처럼 예측할 수 없는 워싱턴 내셔널스와 세인트루이스 카디널스의 경기가 몇 배는 더 흥미진진하고 박진감 넘쳤다.

─세바스티안 로버츠! 좌중간 펜스를 넘기는 홈런으로 다시 한 번 동점 상황을 만들어 냅니다!

8회 말에 터진 세인트루이스 카디널스의 주전 포수 세바스티안 로버츠의 동점 홈런은 디비전 시리즈 8번째 동점 상황을 만들어냈다.

"그렇지! 가을 좀비가 이렇게 쉽게 무너져선 말이 안 되지! 흐흐흐!"

영화관에 온 사람처럼 팝콘까지 옆에 끼고 TV를 보는 형수였다.

워싱턴 홈에서 1승 1패를 나란히 주고받은 두 팀은 세인트루이스 홈에서 워싱턴이 먼저 승리를 챙기면서 챔피언 시리즈 진출에 크게 다가간 상태였다.

더군다나 현재 펼쳐지고 있는 4차전은 8회 초까지 1점 차이로 카디널스가 뒤지고 있었기에 아웃 카운트 하나하나가 무척이나 중요한 상태였다.

그런 절박한 상황 속에서 세바스티안 로버츠가 동점 홈런을 터뜨린 것이다.

승부의 추를 다시 원점으로 제자리를 찾아갔다.

동점 홈런이 터지자 세인트루이스 카디널스의 홈팬들은 말 그대로 난리가 났다.

동점에 만족하며 8회 말 카디널스의 공격이 끝났고, 경기는 9회로 넘어갔다.

오늘 경기에서 끝내고자 하는 워싱턴 내셔널스와 어떻게든 마지막 5차전까지 승부를 가져가야만 하는 세인트루이스 카디널스의 총력전은 결국 연장까지 이어졌다.

점수를 뽑지 못한 10회가 지나고 11회가 되자 다시 한 번 워싱턴 내셔널스가 추가 점수를 내며 우위에 섰다.

그러나 세인트루이스 카디널스는 괜히 가을 좀비가 아니었다.

또다시 동점을 만들며 12회 연장으로 경기를 이끌었고, 13회, 14회까지 접전을 벌이며 투수력을 모두 소모하고 나서야 15회에 세인트루이스 카디널스의 간판타자 더그레이 세인트가 투런 홈런을 터뜨리며 경기를 승리로 장식했다.

2승 2패.

LA 다저스 입장에서는 절로 콧노래가 나오는 상황이었다.

연장 15회까지 가는 혈투가 끝나고 하루의 휴식을 취한 후에 최후의 5차전이 벌어졌다.

어느 한쪽도 물러설 수 없는 마지막 경기.

─지미 곤잘레즈! 좌중간을 꿰뚫는 끝내기 2루타! 세인트 루이스 카디널스! 챔피언십시리즈에 극적으로 진출합니다!

"아휴~! 저 지긋지긋한 좀비 새끼들! 죽지도 않고 또 바득바득 살아서 올라오네! 진짜 징그럽다! 징그러!"

형수가 질렸다는 듯 고개를 절레절레 흔들었다.

"차라리 잘됐지."

"뭐가?"

내 말에 형수가 무슨 소리냐는 듯 날 바라봤다.

"작년의 복수를 할 수 있게 됐잖아."

"그건 그러네? 생각해 보니까 네 말대로 차라리 잘됐네! 작년에 카디널스에게 패배하면서 월드 시리즈 진출이 좌절됐던 걸 생각해서라도 이번에는 우리가 똑같이 좀비 놈들에게 패배의 쓴맛을 보여줄 때가 됐지! 흐흐흐!"

작년 패배를 또렷하게 기억하고 있는 LA 다저스 선수들과 팬이라면 오히려 세인트루이스 카디널스와의 재대결을 무척이나 기다리고 있을 것이 분명했다.

오늘 경기를 끝으로 내셔널리그 챔피언 시리즈의 두 구단이 정해졌다.

그리고 하루 전인 어제 아메리칸리그 챔피언 시리즈의 주인공들도 정해졌다.

LA 에인절스를 상대로 1패 이후 1승, 그리고 다시 1패 후 남은 시리즈를 모두 승리로 가져가며 챔피언 시리즈 진출을 확정지은 뉴욕 양키스와 2연패를 먼저 당하면서 궁지에 몰렸지만 기적과도 같은 3연승으로 강적 디트로이트 타이거즈를 꺾고 뉴욕 양키스의 상대가 된 오클랜드 애슬레틱스가 바로 그 주인공들이다.

"애슬레틱스의 상승세가 무섭다고 하더라도 양키스를 넘지는 못하겠지?"

형수의 물음에 나는 작게 고개를 끄덕였다.

오클랜드 애슬레틱스가 명문 구단이며 상당한 조직력을 바탕으로 하는 강팀이라는 건 누구나 알고 있지만, 메이저리그 최고의 명문이라 불리는 뉴욕 양키스에 비하면 아무래도 부족한 면이 없잖아 있었다.

특히, 뉴욕 양키스가 오클랜드 애슬레틱스에 비해 메이저리그를 대표하는 스타 선수들을 더 많이 보유하고 있다는 점 또한 절대 무시할 수 없었다.

"뉴욕 양키스와의 월드 시리즈라니… 흐흐흐흐흐흐!"

형수가 정신이 나간 사람처럼 웃음을 흘려댔다.

"내가 평생 꿈을 꿔왔던 일이 진짜 현실로 이뤄질지 모른다고 생각하니 온몸이 찌릿찌릿하다!"

메이저리그, 뉴욕 양키스, 월드 시리즈.

야구 선수라면 누구나 한 번쯤은 꿈을 꿔볼 일이긴 했다.

"그 전에 우리 앞길을 막아 설 카디널스를 먼저 쓰러트려야지."

"당연하지! 이번에야말로 내가 그 망할 좀비 새끼들을 죄다 뼈다귀를 갈아버리고 만다!"

말과 함께 '으드득' 소리를 내며 이를 갈아대는 형수였다.

*　　　*　　　*

10월 15일 일요일.

아침부터 형수를 닦달해서 공항으로 향했다.

미리 비행기표를 예매해 두었기에 빠르게 비행기에 탑승할 수 있었다.

"도대체 밀워키에서 누가 결혼을 하는 건데?"

형수는 턱시도가 답답하다는 듯 목 부근을 만지작거리며 불만스럽게 날 바라봤다.

"가보면 알아."

"최소한 누가 결혼을 하는지는 알아야 할 것 아냐?"

"너랑 내가 잘 아는 사람 결혼식이야."

"그러니까 그게 누구냐고!"

형수가 계속해서 물었지만, 미리 말해봐야 좋을 것 없었기에 끝까지 침묵했다.

비행 내내 귀찮게 굴었고, 곧바로 다시 LA로 돌아가겠다는 협박까지 했지만 형수의 성격을 알기에 조금도 걱정하지 않았다.

끝내 형수는 나와의 관계 속에서 일치하는 사람들을 한 명, 한 명 추리하기 시작했지만 절대 누구인지 알 수 없을 거라고 난 확신했다.

그러는 사이 공항에 도착했고, 곧바로 택시를 타고 미리 전달 받은 주소지로 향했다.

평범한 주택가에 들어섰고, 택시 기사는 아담한 2층짜리 주택 앞에 차를 세웠다.

요금을 지불하고 내리지 않겠다고 버티던 형수를 잡아끌고 움직였다.

집 앞에 서서 잠시 심호흡을 하고 문을 두드렸다.

똑똑똑똑.

누구냐고 묻는 익숙한 목소리와 함께 문이 열렸다.

"…왔냐?"

"뭐, 뭐야!"

나를 바라보며 당황한 모습을 감추지 못하는 송종섭과 그런 녀석의 얼굴을 확인하고 두 눈을 부릅뜨는 형수의 모습이 무척이나 재밌게 보였다.

"결혼 축하한다."

인사를 건네자 송종섭은 눈알을 이리저리 굴리며 현재 상황을 쉽게 받아들이지 못했다.

눈치로 보건데 정말 내가 올 줄은 몰랐던 모양이었다.

그러나 곧바로 송종섭은 멋쩍게 웃으며 문을 활짝 열었다.

"잘 왔다. 들어와."

반쯤 몸을 집 안으로 들이다 뒤를 돌아보니 형수가 불편한 얼굴로 날 바라보고 있었다.

살짝 화가 난 것 같기도 했고, 지금 상황을 어떻게 받아들여야 할지 모르겠다는 얼굴이었다.

"LA로 갈 것 아니면 들어와. 여기까지 왔으니까 축하는 해 주고 가야 할 것 아냐? 그래도 동창 결혼인데 모른 척할 순 없잖아?"

동창.

말을 하면서도 뭔가 기분이 묘했다.

내 말에 형수는 들어가야 하나, 말아야 하나를 꽤나 갈등하는 모습을 보이더니 이내 체념한 얼굴로 내 뒤를 따라 집으로 들어섰다. 그러면서 내 귓가에 대고 낮게 으르렁거리듯 소곤거렸다.

"집에 돌아가서 보자."

송종섭의 집은 외관에서 보이는 것처럼 작고 아담했지만,

실내를 무척이나 잘 꾸며놨기에 나와 형수가 사는 집보다 더욱 사람 사는 모양새가 났다. 특히, 아기자기하게 꾸며놓은 물건들과 집안 곳곳에서 보이는 아기용품들은 정말 행복한 가정집 같다는 느낌이 들었다.

"집은 예쁘네……."

형수의 말에 송종섭이 피식 웃고는 손을 내밀어 악수를 청했다.

"잘 지냈냐? 솔직히 너까지 올 줄은 몰랐지만 이렇게 와줘서 고맙다."

송종섭의 말과 행동에 형수가 믿을 수 없다는 듯 표정을 지었다.

"너 진짜 내가 알던 그 양아치… 송종섭 맞는 거냐?"

형수의 말에 송종섭은 조금도 기분 나빠하지 않고 여전히 피식거렸다.

"이제는 양아치 짓 그만뒀다."

"헐! 이 새끼, 너 무슨 꿍꿍이를 꾸미는 건 아니지? 아니면 내가 지금 헛것을 보는 거라든지."

여전히 믿을 수 없다는 형수의 말에 내가 그만 좀 하라며 타박을 했다.

"도저히 믿겨지지가 않으니까 그렇지! 이 새끼가 얼마나 양아치였는데!"

"씨발놈, 꼭 내 입에서 욕을 들어야겠냐? 나도 이제 마음잡고 열심히 야구에만 전념하는 메이저리거라고."

인상을 찌푸리는 송종섭의 모습에 형수는 오히려 그제야 편안하게 인상을 폈다.

"내가 알던 송종섭이 맞긴 하네! 새끼야, 애써서 착한 척하지 말고 그냥 옛날처럼 해. 넌 그게 어울려."

"…끙!"

송종섭은 형수의 말에 고개를 저으며 날 원망스럽게 바라봤다.

조금 전까지만 하더라도 와줘서 고맙다더니.

"3시간 정도 시간이 남았으니까 차라도 한잔할래?"

차를 준비하겠다며 송종섭이 부엌으로 향하자 형수가 내 곁에 바짝 다가섰다.

"너 진짜 저 새끼랑 연락하고 있었던 거야? 결혼식에 올 정도로 친해진 거야? 저번에 따로 만나서 뭐 우정을 약속했다거나 뭐 그런 거야? 아니지! 솔직히 말해. 너 돈 빌려줬지? 돈 떼일까 봐 억지로 여기에 온 거지? 그렇지?"

형수는 무척이나 묻고 싶은 게 많아 보였지만, 딱히 대답을 해줄 만한 건 별로 없었다.

결국, 형수는 송종섭이 차를 가져오자 녀석에게 나와의 일을 캐물었다.

송종섭은 나를 힐끔 바라보더니 대충 어떻게 된 일인지를 눈치채고는 나와 있었던 이야기를 천천히 설명해 주기 시작했다.

이야기를 모두 듣고 나자 형수가 송종섭과 나를 번갈아 바라보며 고개를 저었다.

"너희 둘이 친구가 되다니… 정말 믿어지지가 않는다!"

형수의 말에 나와 송종섭은 서로를 바라보며 비슷한 생각을 했다.

친구라니.

피식 웃음이 나왔고, 송종섭도 비틀린 웃음을 지으며 현 상황을 우습게 느끼는 듯 보였다.

"나도 모르겠다! 어차피 여기까지 왔는데 그냥 가기도 찝찝하고. 그래 너 같은 놈을 구제하겠다고 발 벗고 나선 천사표 아가씨는 누구냐?"

형수의 말에 송종섭이 진심으로 재밌다는 듯 웃었다.

"천사표… 맞는 말이네."

송종섭은 잠시 기다리라는 말과 함께 방으로 들어가더니 큼지막한 사진첩을 가져왔다.

"간단하게 웨딩 사진만 찍은 건데 구경해 봐."

형수가 냉큼 사진첩을 빼앗았다.

"어디 도대체 얼굴이나 미리 구경해 볼까?"

별로 크게 기대하지 않는 얼굴로 형수가 사진첩을 열었다.

"어?"

약간 어색하지만 환하게 웃고 있는 송종섭과 나란히 서서 밝은 미소를 짓고 있는 정혜영의 모습을 본 형수의 표정이 순간적으로 굳었지만, 그것에 대한 의미를 정확하게 모르는 듯 송종섭이 입을 열었다.

"왜? 너무 예뻐서 너도 반했냐?"

"어? 어어……."

형수가 더듬거리며 대답을 하고는 무척이나 당황한 얼굴로 날 바라봤다.

'너 알고 있었어?'

형수의 표정이 그렇게 묻고 있었다.

나는 살짝 고개를 끄덕였고, 형수는 고개를 좌우로 흔들어 댔다.

사진 속의 송종섭과 정혜영은 진심으로 행복해 보였다.

특히 송종섭의 표정과 눈빛은 정혜영을 얼마나 사랑하고 있는지 충분히 알 수 있을 정도였고, 정혜영 역시도 사랑스러운 눈빛으로 송종섭을 바라보고 있었기에 의외로 두 사람의 모습이 잘 어울린다는 생각이 들었다.

"어디서 이런 천사 같은 여자를 만나서는……."

"작년 6월 8일, 말린스 파크."

"응?"

"지혁이 네가 선발로 등판했던 날이다. 마이애미 원정 경기에서 선발로 등판했던 그 경기에서 운명처럼 혜영이와 만났다고. 이런 말하기는 그렇지만 네가 우리 두 사람의 인연을 만들어줬다고 할 수 있지."

너무나도 의외의 말에 나와 형수는 아무런 말도 할 수 없었다.

"종섭 씨, 나 왔어요. 그리고 에바가……!"

문이 열리며 그녀가 집으로 들어왔다.

정혜영은 집 안으로 들어서며 나를 발견하고는 온몸이 얼어붙은 듯 그 자리에서 미동도 없었다.

＊　　　＊　　　＊

"사람 인연이라는 게 참 이해할 수 없는 거라니까."

LA로 돌아가는 비행기 안에서 형수가 그렇게 말하며 음료수를 마셨다.

"그러게."

형수의 말에 대꾸를 하며 창밖을 바라봤다.

송종섭에게 들은 말이 아직까지도 귓가에 맴돌고 있었다.

"혜영이 첫사랑이 너라더라."

결혼식을 마치고 가볍게 뒤풀이를 하는 자리에서 송종섭
이 내게 한 말은 충격적이었다.

정혜영에게 내가 첫사랑이었을 줄이야.

당시에는 전혀 눈치채지 못하고 있었지만, 지금 생각해 보
면 충분히 이해가 갔다.

"뭐야? 그 표정은? 나도 인마 여자라면 질리도록 만나보고 다녔
던 놈이야. 고작 풋내나 풍기는 첫사랑 따위에 내가 뭐 눈이라도
꿈뻑할 것 같냐? 그리고 너 같은 샌님은 혜영이 마음을 알지도 못
했을 것 같기도 했고. 왜 모른 척했냐고? 그렇다고 사진 보여주면
서 혜영이 아냐고 묻는 게 더 웃기지 않냐?"

송종섭의 말이 맞다.

나 같아도 송종섭처럼 행동했을 것 같긴 했다.

그리고 과거는 과거일 뿐이다.

처음 날 보고 너무 놀라서 어쩔 줄을 몰라 했던 정혜영이었
지만, 이내 아무렇지도 않은 얼굴로 인사를 했고, 송종섭과
다정하게 손을 잡았다.

단순히 보여주기 위한 행동?

내가 기억하고 있는 정혜영은 그런 어리석은 행동을 할 여자가 아니었고, 그 모습을 지켜본 나 역시도 진심임을 충분히 느낄 수 있었다.

그렇기 때문일 거다.

송종섭도 정혜영이 첫사랑인 나를 완벽하게 잊었다는 걸 알기에 웃으며 내게 사실을 털어놓을 수 있었던 거다.

동시에 모든 사실을 오픈함으로써 나와 정혜영, 그리고 송종섭 사이의 찜찜함을 털어낸 거다.

"종섭이 새끼, 많이 변하긴 했더라. 솔직히 나는 처음 종섭이 얼굴 봤을 때 엄청 당황했다. 무엇보다 지혁이 네가 그딴 새끼랑 왜 연락을 했는지, 결혼식까지 와야 했는지 이해가 되질 않았는데… 변한 모습을 보니까 네 말대로 동창이라는 기분이 들긴 하더라."

"어쩌면 우리보다 더 치열하게 야구를 하는 사람이 종섭이일지 모르지."

내 말에 형수가 고개를 끄덕였다.

단순히 결혼을 해서? 아이가 태어날 예정이라서?

물론 그런 이유도 있겠지만 오랜 방황 끝에 삶의 목적과 꿈을 찾았기 때문일 거다.

뒤늦게 정신을 차린 송종섭으로서는 당연히 나와 형수보다 더 절실할 수밖에 없었다.

짧은 운동선수의 생명력을 생각하면 재능이 아무리 많다고 하더라도 뒤늦은 스타트는 절박할 수밖에 없다.

"잘됐으면 좋겠다."

형수가 그렇게 말하며 눈을 감았다.

그렇게 욕을 하던 형수가 진심으로 송종섭이 잘되길 바라는 모습을 보니 아침부터 부지런하게 움직인 보람이 느껴졌다.

Chapter 11

10월 18일 수요일.

드디어 챔피언 시리즈 1차전이다.

2년 연속 챔피언 시리즈에 진출한 LA 다저스의 선수단 분위기는 비장함마저 느껴졌다.

작년의 실수를 되풀이하지 않겠다는 기존 선수들의 분위기는 작년 LA 다저스의 패배를 잘 알고 있는 이적 선수들에게도 충분히 전해졌다.

쇄애애애애애액!

퍼어— 어엉!

"좋아! 이런 공은 절대 누구도! 아무도! 못 친다!"

형수가 만족스럽다는 듯 크게 고개를 끄덕였다.

컨디션은 더 이상 좋을 수 없을 정도로 최상이었다.

더욱이 오늘은 부모님과 안젤라가 경기장에 찾아오기도 했으니 평소보다 더 좋은 모습을 보여야 했다.

지난 디비전 시리즈에는 도저히 스케줄을 조정할 수 없어서 경기장을 찾아오지 못했던 안젤라였다. 얼마나 미안했으면 전화, 문자, 그리고 오늘 잠깐 시간을 내서 만나는 자리에서도 연신 미안하다는 말을 되풀이한 그녀였다.

거기에 한국에서 날아온 부모님은 LA 다저스가 월드 시리즈에 진출하면 그 경기들마저 모두 경기장에서 직접 응원을 하겠다고 말했으니 더욱더 월드 시리즈 진출은 물론 우승을 할 수 있도록 힘을 내야만 했다.

"시간 됐다. 가자!"

형수가 벽에 걸려 있는 시계를 확인하고는 비장한 얼굴로 발걸음을 옮겼다.

화려한 행사가 경기 전 펼쳐졌고, 다저 스타디움을 꽉 채운 관중들의 열광적인 환호와 박수를 받으며 마운드에 올라갔다.

상대는 세인트루이스 카디널스다.

메이저리그 그 어떤 구단보다 가을 야구에 강한 면모를 보이는 팀이었기에 절대 방심할 수 없었다.

확실하게 기선 제압을 한다.

작년과 같은 일은 절대 되풀이되지 않는다는 걸 보여줘야
만 했다.

《NLCS 1차전! LA 다저스 승리!》

《LA 다저스 슈퍼 에이스 차지혁! NLCS 1차전서 세인트루이스
카디널스 완벽 제압!》

《가을 좀비 세인트루이스 카디널스의 불안한 출발! NLCS 2차
전에서도 LA 다저스에 완패!》

《충격의 3연패! 홈에서도 패배를 끊지 못한 세인트루이스 카디
널스!》

《NLCS 4차전에서 간신히 명예 회복을 한 세인트루이스 카디
널스! 반격에 성공할 것인가!》

《양 팀 선발 투수가 무너진 5차전! 막강 화력을 앞세운 LA 다
저스 최종 승리!》

《작년의 패배를 확실하게 갚아 준 LA 다저스! 월드 시리즈 진
출!》

《LA 다저스와 뉴욕 양키스의 WS! 그 승자는?》

내셔널리그 챔피언에 오른 LA 다저스.

아메리칸리그 챔피언에 오른 뉴욕 양키스.

이제 마지막까지 왔다.

대망의 월드 시리즈.

7차전까지 가는 접전 끝에 뉴욕 양키스가 올라오길 바란 나와 형수였지만, 아쉽게도 뉴욕 양키스는 단 한 번의 패배도 없이 4연승으로 오클랜드 애슬레틱스를 너무나도 손쉽게 격파하고 미리 월드 시리즈를 준비하고 있었다.

나는 부모님과 함께 구단 일정보다 하루를 앞당겨 먼저 뉴욕에 도착해 있었다.

"여보, 나 괜찮죠?"

레스토랑 입구에서 엄마가 아버지에게 물었다.

아버지는 머리부터 발끝까지 엄마의 모습을 꼼꼼하게 확인하고는 고개를 끄덕였다.

"몇 번을 봐도 괜찮으니까 걱정할 것 없어."

"그래도 처음 만나는 자리니까 아무래도 신경이 쓰여서."

살짝 긴장한 듯한 엄마의 모습에 아버지는 간단하게 식사만 하는 자리니까 너무 부담 갖거나 긴장할 것 없다며 다독였다.

"지혁아, 네가 앞장서라."

아버지의 말에 나는 알겠다며 레스토랑으로 들어섰다.

입구에 서 있던 깔끔한 차림의 매니저에게 예약자의 이름을 말하니 기다리고 있었다는 듯 우리를 안내하기 시작했다.

매니저의 안내를 받아서 도착한 곳은 레스토랑 내에 몇 개 없는 룸 중 하나였다.

똑똑!

"일행 분들께서 도착하셨습니다."

매니저는 그렇게 말하고는 천천히 문을 열어줬다.

열린 문을 통해 룸으로 들어서자 하얀색의 투피스 정장을 차려입은 안젤라와 그녀의 핸드폰에서 봤던 아름다운 여자가 함께 서 있었다.

"메리 로메이언입니다."

23살 때부터 5살짜리 조카를 홀로 키운 대단한 여자다.

구단 일정보다 하루 일찍 뉴욕에 온 이유는 바로 안젤라에게는 이모이자 엄마이며, 친구나 다름없는 세상에서 단 한 명뿐인 그녀의 가족을 만나기 위해서였다.

*　　　*　　　*

뉴욕 양키스와의 월드 시리즈.

조금 과장해서 한국은 이미 난리가 난 상황이었다.

9시 뉴스에서도 특집으로 다룰 정도로 대대적인 보도가 연일 나가고 있었다.

메이저리그를 떠올리면 자연스럽게 뉴욕 양키스가 먼저 떠오를 정도로 뉴욕 양키스는 메이저리그에서 가장 이름 높은 구단이다. 그런 구단을 상대로 한국 선수가 월드 시리즈 1차전 선발 투수로 마운드에 오른다니 떠들썩하지 않으면 그게 더 이상할 정도였다.

메이저리그에서 한국인의 위상을 높여 놓은 선배들은 있었어도 월드 시리즈와 같은 엄청난 무대에서 주인공으로 부각된 사람은 단 한 명도 없었으니 한국의 반응도 이해는 갔다.

"부담… 되는 건 아니지?"

형수의 물음에 나는 피식 웃었다.

한국 상황이 어떻든 여긴 미국이다.

그리고 매일같이 해오던 야구를 할 뿐이다.

물론 월드 시리즈라는 꿈의 무대에 선발 투수로 선다는 게 긴장이 되긴 했지만 그렇다고 위축되어서 제 실력을 발휘하지 못할 정도는 아니었다.

설렘, 흥분, 기대 등등.

대체적으로 좋은 감정들이 대부분 몸을 지배하고 있었다.

"너야 뭐 걱정할 것 없지."

말을 하는 형수가 눈에 띄게 긴장하고 있는 모습이 보였다.

월드 시리즈 1차전 선발 라인업에 당당하게 이름을 올렸고, 타순도 무려 6번 타자다.

비록 말석이라고 하더라도 어쨌든 타선의 중심이었으니 거기에서 오는 부담감이 클 수밖에 없다. 더군다나 타자의 경우 짧으면 3번, 길면 4번에서 5번 정도 타석에 서니 그 기회 동안에 제대로 된 타격을 보여주지 못하면 스스로 조급해지고 위축될 수밖에 없다.

디비전 시리즈와 챔피언 시리즈를 통해 좋은 모습을 보였다 하더라도 월드 시리즈에서 빈타에 허덕이는 타자를 환영하는 사람은 없으니 억울하더라도 앞전의 영광들은 모두 잊어야만 한다.

"후우~! 와~ 이거 생각보다 진짜 무지하게 떨리네. 돌아버리겠네. 심장이 터질 것처럼 진정이 되질 않는다. 후우우!"

형수가 솔직하게 자신의 상태를 털어놓았다.

챔피언 시리즈에서 우승했을 때까지만 하더라도 월드 시리즈에 진출한다고 그렇게 좋아하며 뉴욕 양키스를 발라 버리겠다느니, 제국을 무너트리겠다며 호언장담을 하던 형수였는데.

"시즌 시리즈 중 하나라고 생각하기엔 힘들겠지?"

내 말에 형수가 눈을 부라렸다.

"그걸 말이라고 하는 거냐? 당연히 힘들지!"

하긴, 내가 생각해도 힘들 것 같긴 했다.

"상견례는 잘했냐?"

"지금 그 얘기가 왜 나와? 그리고 상견례 아니라고 했잖아."

"최대한 다른 쪽으로 생각을 돌리려고 하는 거야. 그리고 부모님끼리 만났으면 그게 상견례지 뭐 다른 게 상견례냐?"

딱히 틀린 소리 같지는 않았기에 할 말이 없었다.

"그래서 결혼은 언제 하기로 했는데?"

결혼에 대한 이야기가 나오자 괜히 심장이 두근거렸다.

형수의 말대로 부모님과 메리 이모가 만난 자리에서 결혼 이야기가 나왔었기 때문이다.

운동선수는 하루라도 일찍 결혼해서 안정적인 가정을 꾸려야 한다는 생각을 가지고 있는 부모님이다. 그런 생각을 슬쩍 밝히자 의외로 메리 이모 역시도 안젤라가 일찍 결혼하길 원한다는 생각을 밝혔다.

이유는 단 하나, 부모님이 일찍 세상을 떠나는 바람에 안젤라가 외로워한다는 거였다.

아무리 이모라는 존재가 곁에서 보살펴 줬다고 하더라도 부모의 자리를 대신할 수는 없었고, 안젤라의 가슴 깊은 곳에 담겨져 있는 외로움을 없앨 수 있는 방법은 행복한 가정을 꾸리는 것뿐이라 여긴다고 말했다.

눈물을 보이며 이야기를 하는 메리 이모로 인해 안젤라와 엄마 역시 눈물을 흘리며 순식간에 세 여자는 하나가 된 듯 급격하게 감정을 공유하며 서로를 이해하기 시작했다.

덕분에 나와 아버지만 말없이 음식을 먹었다.

그리고 또 하나.

안젤라가 처음으로 자신의 뜻을 밝혔다.

나와 결혼을 하게 되면 연예계 생활을 그만두겠다는 것.

충격적인 선언이었다.

나와 부모님은 생각해 보지 못했던 발언에 놀란 표정을 감추지 못했지만, 의외로 메리 이모와는 이미 이야기가 끝났던지 의외로 담담하게 듣고 있었다.

놀라움은 잠시였고 세계적인 대스타가 될 수 있는 가능성이 충분함에도 불구하고 그 길을 과감하게 포기하겠다는 안젤라의 말에 부모님은 진심으로 안타까워했다.

그래서일까?

엄마는 식사가 끝나는 동안 안젤라의 손을 꼭 잡고 놓아주질 않았다.

마지막으로 형수의 말과 다르게 헤어지는 순간까지도 명확하게 결혼 날짜에 대해서는 말이 없었다.

그럴 수밖에 없는 게.

"빨랑빨랑 프러포즈부터 해. 그래야 결혼 날짜를 잡을 것 아냐? 설마 안젤라와 연예만 할 생각은 아니겠지?"

"그렇지 않아도 프러포즈할 생각이야."

"오! 언제?"

"월드 시리즈가 끝나는 날."

"모양새가 좋으려면 무조건 우승해야겠네! 우승도 못 하고 프러포즈하면 좀 그럴 테니까. 흐흐흐흐!"

"당연히 우승해야지. 반지를 마련하려면."

"뭐? 반지?"

"프러포즈 반지 말이야."

"…너, 설마?"

형수가 놀라는 사이 드디어 경기 시작 시간이 다 되었다.

"가자. 우리의 첫 번째 월드 시리즈를 향해서."

형수의 어깨를 가볍게 두드리며 앞장서서 걸었다.

내 생에 첫 번째 월드 시리즈.

그 첫 경기가 이제 막 시작되기 직전이었다.

*　　　　*　　　　*

월드 시리즈의 열기는 상상을 초월했다.

11월을 코앞에 둔 차가운 공기와 바람은 옷깃을 여며야 했지만, 양키 스타디움을 가득 채우고 있는 관중들의 흥분한 체온은 얇은 겉옷마저 벗어 던지게 만들었다.

몇몇 관중들은 계절에 어울리지 않게 반팔을 입고 있기도 했는데, 몇 자리 옆에 제법 두툼한 점퍼를 입고 있는 여성 관중과 너무나도 비교되는 모습이었다.

그만큼 경기장을 찾은 일부 팬들에게는 월드 시리즈가 주는 뜨거운 무언가가 가득했다.

관중석에 앉은 팬들은 흥분으로 온몸이 달아올랐다면, 더그아웃에 자리를 잡고 있는 선수들은 곧 깨져 버릴 얼음판 위에 서 있는 것처럼 모두가 경직된 표정을 감추지 못하고 있었다.

월드 시리즈라는 무대를 처음으로 경험하는 선수들은 모두 제각각의 행동으로 긴장감을 드러내고 있었다.

연신 아랫입술을 질경거리는 선수, 손톱을 물어뜯는 선수, 한쪽 다리를 보기 흉할 정도로 떨고 있는 선수, 쉬질 않고 손을 움직이거나, 잔뜩 차오른 땀을 연신 유니폼 하의에 닦아대는 선수, 목이 타는지 물만 들이키는 선수 등등 각양각색이었다.

확실히 나 역시도 경기가 시작되자 전염이라도 된 것처럼 긴장감이 들긴 했다.

그러나.

"후아! 후아! 후아!"

계속해서 숨을 토해내며 눈알을 이리저리 굴려대고, 양손을 쥐락펴락하는 형수를 보니 나는 전혀 긴장되지 않게 보일 것만 같았다.

"으흐흐흐흐흐흐……! 이제 시작이다. 월시, 월시… 흐흐흐흐흐흐!"

실성한 사람처럼 웃음을 흘려대는 형수의 모습에 고개를 저으며 그라운드로 시선을 옮겼다.

마운드 위에는 뉴욕 양키스의 에이스, 젬마 가르시아가 서 있었다.

악동 젬마 가르시아.

내년이면 서른 살이 되는 젬마 가르시아는 드래프트 1라운드에서 마이애미 말린스의 지명을 받으며 메이저리그 생활을 시작했다.

그게 벌써 12년 전의 일이다.

드래프트 당시 평균 93마일의 패스트볼을 던지면서 강속구 투수로서의 가치를 인정받았는데, 그때 젬마 가르시아의 나이가 고작 17살이었으니 그에 대한 메이저리그 구단의 관심은 실로 대단했다고 한다.

신체적 조건, 볼 컨트롤 능력, 체력, 구위까지 어느 것 하나 부족함이 없는 젬마 가르시아의 성공에는 어느 누구도 이견이 없었다. 어딜 가더라도 충분히 에이스 역할을 해줄 것이라 믿었고, 실제로 1년 만에 메이저리그에 데뷔한 젬마 가르시아는 데뷔 시즌 12승을 거두며 자신의 존재를 확실하게 알렸다.

하지만 일찍 성공한 것이 독이 된 대표적 케이스가 바로 젬마 가르시아다.

어린 나이에 모두가 떠받들어 주는 메이저리거가 된 젬마 가르시아는 흔한 말로 천지분간 못 하고 제멋대로 행동하기 시작했다.

자신을 찾아온 여성 팬들과 낯 뜨거운 애정 행각으로 여러 번 망신을 당했고, 폭행 시비도 자주 일으켰다. 연봉을 더 달라며 구단에 땡깡을 부리기도 했고, 실제로 태업까지 하면서 반항기를 여실 없이 보여줬다. 클럽 하우스에서 동료 선수와 주먹다짐을 하거나, 나이 어리고 예쁜 클러비에게 성희롱을 하다가 고소를 당한 일도 심심찮게 있었다.

그나마 한 가지 위안거리라면 금지 약물에 손을 대지 않은 것 정도?

그 외에는 말 그대로 구제불능의 문제 선수라는 꼬리표가 낙인처럼 찍혀 있었다.

온갖 구설수에 오르면서도 젬마 가르시아의 성적은 매년 향상됐고, 최고 17승을 찍기도 했다.

오직 하나, 실력이 있기 때문에 당시 최하위의 성적으로 리그를 전전하던 마이애미 말린스로서는 젬마 가르시아를 버릴 수가 없었다. 여기에 언론 플레이를 무척이나 잘했기에 항상 최악의 징계를 요리조리 잘 피하는 선수로도 유명했다.

오죽했으면 한때는 미국 내에서 온갖 사고를 치더라도 젬마 가르시아처럼 반성하는 모습만 보이면 된다라는 말이 유행했을 정도였다.

야구 관계자들과 팬들은 젬마 가르시아가 올바른 인성만 지녔어도 여러 번 사이영상도 타며 리그를 대표하는 대투수가 되었을 거라고 했다.

그렇게 5년 동안 마이애미 말린스에서 온갖 사고를 치면서도 팀 내 최고의 성적을 유지하던 젬마 가르시아에게 사고가 일어났다.

총기 사고였고, 그 사고에서 심각한 부상을 입은 젬마 가르시아는 선수 생활을 유지할 수 없을 정도의 치명적인 상황에 빠지고 말았다.

대다수의 사람들은 언제고 그런 일이 벌어질 것이라고 생각한 것처럼 혀를 찼고, 그동안 컨트롤이 불가능한 행동으로 구단의 이미지를 추락시킨 젬마 가르시아는 사고 직후 곧바로 마이애미 말린스에서 방출을 당하며 야구 인생이 끝났다는 판정을 받았다.

수술, 그리고 재활.

젬마 가르시아가 다시 돌아온 건 3년 전이다.

모두가 회생 불가능이라 여겼던 부상을 이겨내고 젬마 가르시아는 뉴욕 양키스와 계약을 하며 자신의 재기를 알렸다.

메이저리그 구단 중 가장 엄격한 규율과 규칙을 가지고 있는 뉴욕 양키스에서 통제 불가능한 악동 젬마 가르시아와 계약을 했다는 사실에 많은 이들이 비난을 했지만, 사고 이후 완전히 뒤집혀 버린 자신의 상황에 깨달은 것이 많았는지 더 이상 예전의 악동 젬마 가르시아가 아니었다.

재기 시즌 6승을 거두며 확실히 예전만 못하다는 평가를 받았지만, 이듬해 12승을 거두었고, 올 시즌 자신의 커리어 하이였던 17승을 다시 한 번 쌓으면서 완벽하게 부활을 한 젬마 가르시아는 뉴욕 양키스의 에이스로 확실하게 거듭난 상태였다.

오늘 컨디션은 무척이나 좋아 보였다.

한창 잘나가던 시기에 지구 하위권을 맴돌던 마이애미 말린스에서 공을 던졌으니 젬마 가르시아에게도 월드 시리즈는 이번이 처음인 셈이다. 그런 월드 시리즈에서 1차전 선발 투수로 마운드에 오르라는 통보를 받았으니, 얼마나 컨디션 관리를 잘했을지는 보지 않아도 뻔히 알 만했다.

쇄애애애액!

퍼어엉!

"스트라이크!"

1번 타자 던컨 카레라스가 몸 쪽을 날카롭게 찌르고 들어오는 패스트볼을 지켜봤다.

최고 100마일이 넘는 공을 던졌던 젬마 가르시아였지만, 올 시즌 그가 던진 최고 구속은 97마일.

방금 던진 공도 94마일밖에 되지 않았으니 예전에 비하면 확실히 구속이 떨어졌다. 그러나 젬마 가르시아의 패스트볼은 메이저리그에서도 손에 꼽힐 정도로 뛰어난 구위를 자랑했는데, 그의 공을 받아본 포수들은 너 나 할 것 없이 흡사 돌덩어리가 날아오는 느낌이라며 일반적인 구속의 공과는 비교를 하기 힘들다 말할 정도였다.

"정말 착실하게 마음잡았을까? 솔직히 난 사람은 쉽게 변하지 않는다고 본다. 젬마 가르시아는 분명 또 사고 친다."

형수의 말에 가장 먼저 송종섭이 떠올랐다.

"송종섭도 마음잡았잖아."

송종섭을 언급하자 형수가 고개를 좌우로 흔들었다.

"종섭이랑은 다르지. 그 새끼는 원래 양아치였으니까 이제라도 새사람이 되겠다고 마음을 잡았지만, 젬마 가르시아는 실력을 믿고 제멋대로 살았던 놈이야. 지금은 어쩔 수 없이 아쉬워서 바짝 엎드리고 있지만 아마 내년 시즌에도 올해처럼 성적 좀 나오면 옛날 버릇 나오지 않겠어?"

형수의 말에 피식 웃고 말았다.

도대체 저런 논리는 어디서 나오는 건지.

그리고 말 그대로 사람은 쉽게 변하지 않는다고 하지만 반대로 사람만큼 쉽게 변하는 존재도 또 없었다.

설령, 젬마 가르시아가 그렇다 치더라도 그게 무슨 상관인가?

당장은 젬마 가르시아가 던지는 공을 어떻게 타격해서 점수를 낼 것인가를 고민해야 할 때다.

따악!

2스트라이크 1볼 상황에서 던컨 카레라스가 때린 커브가 아메리칸리그 최고의 올스타 유격수, 아드리안 론돈의 글러브에 빨려 들어가며 아웃되고 말았다.

"호랑이 없는 산에 늑대가 왕 노릇한다고 하더니 바렛이 떠나니까 아드리안 론돈 수비가 괜히 멋져 보이네!"

멋져 보이는 게 아니라 실제로 이번 수비는 찬사를 받을 정도로 대단했다.

3루수와 유격수 사이를 꿰뚫고 나갈 강습 타구를 아드리안 론돈이 그림 같은 호수비로 잡아 낸 거다.

메이저리그 최고의 공격력을 가지고 있는 유격수 아드리안 론돈의 지금과 같은 수비는 시즌 내내 5번이나 나올까 말까 할 정도였으니 결과적으로는 안타성 타구를 치고도 아웃당한 던컨 카레라스가 운이 없는 셈이다.

반대로 안타나 다름없는 타구가 수비의 도움으로 아웃이 되었으니 젬마 가르시아의 투구는 더욱더 자신감이 붙을 수밖에 없게 됐다.

내 예상대로 젬마 가르시아는 수비를 믿고 마음껏 투구를 했다.

월드 시리즈가 주는 긴장감을 첫 타자를 상대로 날려 버린 셈이다.

딱!

높이 뜬 타구가 중견수에게 잡히면서 코리 시거를 끝으로 삼자범퇴, 1회 초 LA 다저스의 공격이 끝나고 말았다.

'오늘 경기 쉽지는 않겠네.'

생각 외로 LA 다저스 타자들이 고전할 것 같은 예감이 들었다.

하지만 뉴욕 양키스 타자들이라고 쉽게 경기를 할 생각은 없을 거다.

"가자!"

포수 장비를 모두 착용한 형수가 내 어깨를 툭 치며 앞장섰다.

수비를 나가는 야수들도 한 명, 한 명 나를 향해 직접적으로 응원을 하거나, 눈빛만 보내며 격려를 해주었다.

메이저리그 최고의 투수니, 슈퍼 에이스니 어쩌니 떠들어

대도 고작 22살의 메이저리그 2년 차 투수라는 사실은 변함이 없으니 야수들로서는 선배로서 내가 긴장하지 않게끔 하려는 눈치였다.

그렇게 선 마운드.

'이 정도였던가?'

1회 말, 뉴욕 양키스의 공격을 막기 위해 마운드에 오르자 사방에서 옥죄여 오는 압박감이 어마어마했다.

지금까지 단 한 번도 느껴보지 못한 긴장감이 온몸을 움켜쥐고 있는 것 같았다.

솔직하게 말해서 올림픽 결승전과는 비교도 되지 않을 정도였다.

'이게 월드 시리즈의 마운드라는 건가?'

그래, 이 정도는 되어야지.

야구 선수라면 누구나 한 번쯤은 꿈을 꿔봤을 월드 시리즈 아닌가.

이런 긴장감도 없다면 월드 시리즈가 너무 시시할 것 같았다.

"후우우우!"

깊게 숨을 토해내며 끈끈하게 달라붙은 긴장감을 털어냈다.

아직까지 손끝이 미미하게 떨렸지만, 공을 힘껏 움켜잡으니 어느 정도 안정감이 들었다.

"차지혁! 파이티이이잉—!"

포수 마스크를 옆에 내려놓고 형수가 커다랗게 고함을 내질렀다.

단 한 번도 저런 적이 없었기에 깜짝 놀랐지만, 이내 그것이 형수 나름대로 긴장을 풀기 위한 행동이라는 생각이 들자괜히 웃음이 나왔다. 그리고 저렇게 든든하게 나와 함께 호흡을 맞추는 친구가 있다고 생각하니 저절로 힘이 났다.

연습투구를 하며 어깨에 내려앉아 있던 긴장감을 어느 정도 해소시키자 주심이 경기를 진행시켰다.

타석에 들어서는 뉴욕 양키스의 1번 타자는 올스타 출신의 호르헤 마테오.

유격수 아드리안 론돈과 함께 키스톤 콤비로 탄탄한 내야를 책임지고 있는 선수다.

타율, 출루율, 도루 어느 것 하나 팀 타순의 선봉장으로서 부족함이 없는 호르헤 마테오였기에 초구부터 확실하게 기를 꺾어놔야만 했다.

타자의 기를 꺾을 수 있는 최고의 공.

쇄애애애애애액!

퍼어어— 어엉!

"스트라이크!"

100마일이 넘어가는 포심 패스트볼.

한복판으로 들어온 강속구에 호르헤 마테오의 표정이 딱딱하게 굳는 게 보였다.

삼구삼진으로 간다.

등 뒤를 지키고 있는 야수들을 믿지 못하는 건 아니지만, 투수로서 상대 타자들의 기를 확실하게 꺾을 수 있는 가장 좋은 방법은 투수 본인 스스로 위력적인 공을 던져 주는 거다.

쇄애애애애액!

퍼어— 어엉!

"스트라이크!"

타자 몸 쪽을 위협할 정도로 강력하게 날아오는 패스트볼에 호르헤 마테오는 몸을 움찔하기만 할 뿐, 감히 배트를 휘두를 생각조차 못했다.

그리고 이어진 3구.

누구나 예상하는 그 공.

어렵지 않게 예상하면서도 절대 칠 수 없는 바로 그 공.

부— 웅!

"스윙! 타자 아아— 웃!"

제로백 슬라이더에 헛스윙 삼진으로 물러난 호르헤 마테오의 구겨진 표정이 내 입장에서는 상당히 만족스럽게 보였다.

삼구삼진으로 호르헤 마테오가 물러나자 뉴욕까지 원정 응원을 온 LA 다저스 팬들의 환호성이 양키 스타디움을 장악해 나갔다.

일부 뉴욕 양키스 홈팬들이 야유를 보내긴 했지만, 신경조차 쓸 필요 없는 작은 소리에 불과했다.

서로 다른 구단을 응원하는 팬들의 환호와 야유 사이에 톰 크라비츠가 타석에 들어섰다.

외야 자원이지만, 오늘은 지명 타자로 2번 타순에 배치가 된 톰 크라비츠는 정교한 타격, 수준 이상의 파워, 빠른 발까지 고루 갖춘 타자다.

현재 뉴욕 양키스 외야수들과의 주전 경쟁에서 이겨낼 정도로 수비력이 뛰어나지 못했기에 4번째 외야수라는 말을 듣고 있지만, 다른 메이저리그 구단이었다면 충분히 주전 자리를 차지하고 남을 정도의 선수인 건 확실하다.

다시 말하면 톰 크라비츠 정도의 외야수를 지명 타자로 쓰는 뉴욕 양키스의 선수층을 보고 있으면 어째서 양키스를 악의 제국이라 부르는지 충분히 알 만했다.

우타자인 톰 크라비츠는 양발을 크게 넓히고 서서 상체를 약간 구부정하게 구부린 자세에서 배트를 오른쪽 어깨에 걸치고 서 있었다.

바깥쪽보다 몸 쪽에 강한 타자.

타격 자세 때문인지 톰 크라비츠는 몸 쪽 공에 유독 강했다.

당연히 그를 상대하는 투수와 포수는 바깥쪽 승부를 많이 가져간다.

당연한 일이고, 그래야 하는 승부다.

형수 역시 다르지 않았다.

초구를 바깥쪽을 살짝 걸치는 컷 패스트볼을 요구하고 있었다.

나쁘지 않은 선택이었기에 원하는 구종, 코스로 초구를 던졌다.

"스트라이크!"

주심의 선언에 톰 크라비츠가 살짝 인상을 찌푸렸다.

배트를 휘두르면 충분히 닿을 거리이긴 했지만, 제대로 된 타격을 하기엔 확실하게 노리고 들어가야만 하는 거다.

십중팔구는 제대로 된 안타보다는 범타가 나올 코스였기에 톰 크라비츠의 인상이 찌푸려진 거다.

타자와 투수는 거리 싸움에서도 반드시 우위를 점해야만 한다.

얼마나 공을 타자 몸 쪽으로 붙일 것인가, 어느 정도까지 뺄 것인가.

높은가, 낮은가.

이런 거리 싸움에 능한 투수는 타자를 상대로 쉽게 안타를 내주지 않는다.

단순하게 본다면 타자는 자신의 타격 자세만으로도 어디에 강하고, 어디에 약한지를 다 드러낸다.

하지만 공을 던질 때마다 원하는 코스에 자신 있게 넣을 수 있는 투수는 얼마 없다.

퍼어어엉!

"스트라이크!"

이번에는 몸 쪽을 아슬아슬하게 찌르고 들어갔다.

구속도 101마일이 나오면서 톰 크라비츠가 아무리 몸 쪽에 자신이 있다 하더라도 쉽게 타격을 할 수 없었다.

타자에게 극도로 불리한 투 스트라이크 노볼 상황.

배트를 짧게 쥔 톰 크라비츠는 번뜩이는 눈으로 나를 노려보며 타격 자세를 유지했다.

여기서 제로백 슬라이더를 던지는 건 타자에게 너무나도 쉽다.

지금으로서는 쉽게 공략할 수 없는 공이지만 타자가 예상하고 있는 공을 던져주는 건 절대 좋은 일이 아니다. 이미 앞선 타자에게 예상 가능한 투구를 해주면서 기 싸움에서는 확실하게 우위를 점했으니 이제는 다른 패턴을 하나 더 집어넣어야 한다.

여기서 타자의 허를 찌르는 공이 무엇일까?

가장 좋은 건 12—to—6 커브다.

움찔.

퍼— 엉.

"스트라이크! 타자 아웃!"

톰 크라비츠의 표정이 돌덩어리처럼 굳어 있는 게 보였다.

어떻게든 내가 던지는 공을 치겠다고 번뜩이던 눈동자는 황당함, 야속함, 억울함 등의 감정들이 물들어 있었다.

이걸로 두 번째 타자를 통해 오늘 경기에서 내가 우직할 정도의 패스트볼만 던지는 것이 아니라는 걸 뉴욕 양키스 타자들에게 공개적으로 선언했다.

지금까지 결정구는 제로백 슬라이더라는 공식을 철저하게 파괴한 거다.

세 번째 타자가 들어섰다.

뉴욕 양키스의 3번 타자라는 자부심을 가슴에 매달고 뛰는 저메인 샘슨은 거구의 1루수로 매년 홈런왕을 노려볼 만큼 파워가 뛰어난 타자다.

단순히 파워만 있어서는 절대 양키스의 3번 타자 자리를 지켜낼 수 없다.

유연한 배팅 능력은 언제든 타구를 배트에 맞추며 타점을 생산해 내는데 큰 역할을 담당한다.

타점 괴물.

저메인 샘슨의 별명으로 다른 건 몰라도 메이저리그에서 그만큼 득점권 타점이 높은 타자는 없다.

부웅—!

초구부터 힘껏 배트를 휘두른 저메인 샘슨은 아쉽다는 표정으로 고개를 흔들었다.

패스트볼을 노리고 들어왔는데, 내가 던진 초구는 파워커브였다.

두 번째 공도 저메인 샘슨은 파워 넘치는 풀스윙을 보여줬다.

체인지업이었기에 타이밍을 완벽하게 뺏어버렸다.

이제 결정구를 던져야 할 때.

'1회 초는 완벽하게 끝낸다.'

1, 2, 3번 타자 모두 삼구삼진이 목표.

이제 목표까지 남은 건 단 하나의 공.

제로백 슬라이더? 12—to—6 커브?

모두가 내가 무슨 공을 던질지 궁금해하겠지.

그중에서도 가장 긴장하고 있을 사람은 역시 저메인 샘슨이다.

형수와 사인을 주고받은 이후 천천히 와인드업을 하고 힘차게 공을 던졌다.

쐐애애애애애애애액—!

공기와 바람의 저항을 무시하며 무서운 속도로 날아가는 야구공.

저메인 샘슨은 눈 깜짝할 사이에 홈 플레이트 앞까지 도달한 공을 향해 온몸을 쥐어짜듯 비틀며 배트를 휘둘렀다.

'늦었어.'

쐐애애애애액!

퍼어— 어어엉!

부우웅!

"스윙! 타자 아아아아— 웃!"

얄미울 정도로 커다랗게 소리를 치는 주심을 돌아보지도 못하고 저메인 샘슨은 포수 미트에 시선을 고정시켰다.

라이징 패스트볼.

내가 과연 몇 사람이나 생각을 했을까?

마운드를 내려오며 희미하게 미소를 지었는데, 동시에 엄청난 함성이 울려 퍼졌다.

"그래, 네가 주인공이다!"

형수의 말에 무슨 소리인가 싶었더니 녀석이 고갯짓으로 뒤를 가리켰다.

슬쩍 고개를 돌려보니 대형 스크린에서 내 모습이 실시간으로 보여지고 있었다.

그제야 갑작스런 관중들의 함성 소리의 이유를 알 수 있었다.

"다저스 차지혁! 1회 말 뉴욕 양키스 타자들을 모두 삼구삼진으로 기선 제압! 이런 타이틀과 함께 방금 웃었던 모습이 내일 신문 메인을 장식할 것 같지 않냐? 여기저기서 마성의 미소니 어쩌니 하면서 엄청 치켜세워 주겠네! <u>흐흐흐!</u> 솔직히 말해봐. 일부러 연출한 거지?"

형수의 시답잖은 소리에 피식 웃고는 더그아웃으로 들어가 버렸다.

월드 시리즈는 이제 시작했지만, 기분상으로는 벌써 절반은 치른 느낌이 들었다.

무엇보다 1회를 마치고 난 지금의 컨디션은 정말 최고였다.

'다시 한 번 퍼펙트 삼진 게임을 해봐?'

컨디션이 너무 좋다보니 나도 모르게 실없는 생각을 하고 말았다.

Chapter 12

100MILE

"선배님! 정말 꿈만 같습니다! 메이저리그에서 한국 선수가 그것도 선발 투수가 뉴욕 양키스를 상대로 세 타자 연속 삼구삼진을 잡을 날이 올 줄이야! 후아! 후아! 온몸이 흥분으로 떨려서 미칠 것만 같습니다! 이런 경기를 직접 제 눈으로 볼 수 있다니… 후우!"

말은 하지 않았지만, 차동호 기자 역시 잔뜩 흥분한 후배와 같은 상태였다.

그 동안 차지혁의 경기를 단 한 경기도 빼놓지 않고 지켜봤던 차동호 기자였지만, 오늘과 같은 흥분감은 없었다.

한국 프로무대. 데뷔전, 한국 시리즈, 메이저리그 데뷔전, 메이저리그 올스타전, 올림픽 결승전, 지금까지 차지혁이 세웠던 각종 기록들의 경기들까지 대부분의 경기들을 모두 현장에서 지켜봤지만 이 정도의 흥분감과 설렘은 없었다.

아니, 항상 중요한 경기, 각종 기록을 세웠던 경기마다 차동호 기자는 최고의 경기를 봤다고 자부했고, 자신했었다.

'자신이 선발로 등판하는 대부분의 경기마다 이런 엄청난 흥분감을 주는 투수는 인류 역사상 오직 단 한 명, 차지혁 선수밖에 없을 거다!'

야구부 전문 기자가 된 것이 이렇게 행복할 줄은 몰랐다.

따악!

경쾌한 타격 음과 함께 타구가 빠른 속도로 3루수의 머리 위를 꿰뚫고 지나갔다.

1회 초 LA 다저스의 공격을 완벽하게 막아냈던 젬마 가르시아가 2회 초 선두 타자인 데니스 플린에게 2루타를 맞으면서 시작했다.

"젬마 가르시아가 흔들리는 모양인데요?"

"그렇겠지. 차지혁을 상대하는 투수들은 그럴 수밖에 없으니까."

맞상대 하는 투수를 질리게 만들고, 압박하고, 긴장하게 만드는 투수가 차지혁이다.

차지혁의 호투만큼이나 훌륭한 공을 던지는 상대 투수들도 있지만, 오늘만큼은 확연하게 달랐다.

세 타자 연속 삼구삼진이라는 무결점의 투구 내용과 월드 시리즈라는 큰 경기를 생각하면 상대 투수는 숨이 컥컥 막힐 정도의 부담감을 느낄 수밖에 없다.

딱!

마이크 트라웃의 타구가 다시 2루수 옆을 스치고 지나가며 순식간에 무사 1, 3루가 되고 말았다.

젬마 가르시아가 무리하게 바깥쪽으로 구겨 넣으려던 공이 슬쩍 밀어 친 배트에 정확하게 맞아 나갔다. 이는 큰 배팅을 하기보다는 어떻게든 진루타를 만들어 내겠다는 마이크 트라웃의 노력의 산물이기도 했지만, 더 중요한 건 1회 초 자신 있게 공을 던졌던 젬마 가르시아의 피칭이라고 보기엔 너무나 달랐기 때문이다.

차라리 1회 초와 마찬가지로 칠 테면 쳐 보라는 식으로 던졌다면?

'억지로 스트라이크를 잡으려고 하지 않았기에 구위도 더 좋았을 테고, 무엇보다 트라웃의 타구가 저렇게 안타로 이어졌을 가능성이 줄어들었겠지.'

"여기서 무조건 한 번 끊고 가겠죠?"

후배의 말에 차동호 기자가 고개를 끄덕였다.

두 사람의 생각대로 뉴욕 양키스 더그아웃에서 투수 코치가 마운드로 올라갔다.

무슨 이야기를 하고 있을지 엿듣지 않아도 알 만했다.

긴장하지 마라, 안타를 맞든 홈런을 맞든 상관없으니 1회 초처럼 자신 있게 공을 던져라, 점수를 1, 2점 준다고 경기가 끝나는 게 아니니 최대한 긴 이닝을 소화할 수 있도록 차근차근 아웃 카운트를 잡아라 등등.

투수 코치가 젬마 가르시아의 압박을 끊고, 자신감을 불어넣기 위해 애를 쓸 거다.

하지만 과연 얼마나 효과를 발휘할까?

누구 못지않게 어린 나이에 대성공을 이뤘던 젬마 가르시아지만, 부상과 재활 그리고 모든 사람들의 냉대 속에서 겨우 재기에 성공한 그가 흔들림 없이 생애 첫 월드 시리즈 마운드에서 자신 있게 공을 던질 가능성은 그리 높지 않았다.

"이번이 중요해."

차동호 기자는 타석으로 들어서는 장형수를 바라보며 주먹을 힘껏 쥐었다.

'큰 것 한 방보다는 연속 안타 상황을 이어나갈 수 있는 안타가 더 좋겠지.'

점수를 생각한다면 홈런이 더 낫겠지만, 젬마 가르시아를 2회 만에 완전히 무너트리기엔 연속 안타가 더 효과적이라 생각하는 차동호 기자였다.

*　　　*　　　*

언제나 월드 시리즈를 꿈꿨다.

초등학교 때 처음으로 야구를 시작하면서부터 메이저리그 구단과 계약을 하기까지 반드시 월드 시리즈 무대에 나간다는 희망과 꿈을 키워왔다.

'모든 게 지혁이 덕분이야.'

이토록 이른 시간에 월드 시리즈 무대를 밟을 수 있는 건 누가 뭐라 하더라도 자신의 가장 친한 친구인 차지혁 덕분이다. 스스로 메이저리거가 되기 위해 많은 노력을 한 것도 사실이지만, 월드 시리즈라는 무대가 단순한 개인의 노력만으로 밟을 수 있는 게 아니라는 걸 잘 알기에 형수는 지금 이 순간의 모든 영광을 차지혁에게 돌릴 수 있었다.

자신의 또래들 중 최고의 자리에만 머물고 있는 차지혁을 볼 때면 솔직히 부럽기도 하고, 질투와 시기심이 생기기도 했다. 그나마 포지션의 차이가 유일한 위안으로 형수를 달랠 수 있었다.

항상 메인 주인공으로 모두의 사랑과 관심을 받는 차지혁으로 인해 서운하기도 했고 짜증도 났지만, 이제는 그러한 감정도 모조리 뿌리째 뽑혀져 나갔다.

경외의 대상.

친구지만 차지혁은 분명 자신과 그 그릇의 크기부터가 다른 선수라는 걸 확실하게 인지하고 나니, 오히려 자꾸만 감추고 숨겨야만 했던 감정들이 시원스럽게 사라지고 말았다.

이제는 그저 고맙고 감사할 뿐이었다.

누군가 자신에게 꿈이 무엇이냐고 묻는다면 형수는 당당하게 대답할 수 있다.

포수 마스크를 벗는 그 순간까지 차지혁의 공을 받는 것이 자신의 꿈이라고.

'오늘 지혁이 컨디션은 정말 최고다! 이런 날 타자로서 내가 도움이 되는 일은 득점밖에 없어!'

타석에 선 형수는 평소보다 배트를 살짝 짧게 잡았다.

빠른 공에 강점을 가지고 있기는 했지만, 어설프게 타격을 했다가 더블 플레이를 당해 젬마 가르시아의 기를 살리고 반대로 상승세를 타기 시작한 다저스 타자들의 기를 꺾을 순 없었다.

짧은 단타라도 좋다.

내야를 뚫고 나가는 안타면 충분하다.

'승부는 빠른 볼! 반드시 젬마 가르시아는 빠른 볼로 날 잡으려고 할 거야!'

형수는 침착하게 자신만의 타격 공간을 설정해 놓고 패스트볼을 기다렸다.

쒜애애액.

퍼어어엉!

"스트라이크!"

초구부터 원하던 빠른 볼이 날아왔지만, 코스가 몸 쪽 낮은 곳이었기에 배트를 휘두를 수가 없었다.

어설프게 건드렸다가는 탄탄한 양키스의 내야진에 걸려 더블 플레이를 당할 테니까.

2구는 떨어지는 체인지업이었고 배트를 유인해 내야 땅볼을 만들려는 공이었다.

스트라이크 하나, 볼 하나.

3구는 몸 쪽으로 공 한 개가량 더 들어오는 패스트볼로 볼 선언을 받았다.

마운드 위에 서 있는 젬마 가르시아가 이를 깨물며 표정을 굳혔다.

컨트롤이 안 됐다는 뜻으로 해석해도 상관없을 것 같았다.

이어진 네 번째 공에 형수가 눈을 번뜩이며 배트를 휘둘렀다.

높은 코스, 그리고 패스트볼.

이거면 충분했다.

과하게 힘을 넣을 필요 없이 가볍게 배트를 휘둘러서 정확하게 공을 타격하는 것에만 모든 신경을 집중시켰다.

딱!

타구가 곧장 젬마 가르시아의 머리 위를 스치고 지나가며 2루 베이스 위를 관통했다.

ㅡ와아아아아아!

관중들의 함성을 들으며 형수는 오른손을 불끈 쥐었다.

'됐다! 해냈어!'

홈런을 쳤을 때보다도 더 짜릿한 성취감이 느껴졌다.

무엇보다 월드 시리즈 첫 번째 안타였기에 더욱더 기분이 좋았다.

*   *   *

월드 시리즈는 월드 시리즈만의 긴장감이라는 게 있다.

소위 강팀과 약팀이 맞붙는다 하더라도 월드 시리즈라는 큰 경기에서 일어나는 변수는 어느 누구도 예상을 하기 힘들다.

가장 흔한 변수는 역시 선수들의 실력 변화다.

시즌 내내 리그를 지배했을 정도로 뛰어난 실력을 보였어도 월드 시리즈 무대에서는 처참할 정도의 성적으로 무너지는 선수들이 생각 외로 많이 발생한다. 반대로 시즌 내내 별 볼 일 없는 활약을 하다가도 월드 시리즈 무대에서는 그 누구보다 대단한 활약을 펼치는 선수들이 깜짝 등장한다.

그게 바로 월드 시리즈의 매력이다.

뻔한 결과를 뻔하지 않게 만드는 무대.

월드 시리즈 1차전이 벌어지기 전까지만 하더라도 맥브라이드 단장은 긴장한 모습을 감추지 못했다.

단 한 명의 선수 때문이다.

LA 다저스의 월드 시리즈 진출에 혁혁한 공을 세운 에이스 차지혁.

2년 연속 사이영상과 시즌 MVP를 예약해 놓은 차지혁이지만, 월드 시리즈 무대에서 어떤 모습을 보일지는 아무도 모르는 일이었다.

만에 하나라도 차지혁이 무너진다면?

상상하기도 힘든 결과가 눈앞에 펼쳐진다.

모두가 40년 만의 LA 다저스의 월드 시리즈 우승을 원하고 있지만, 그러기 위해선 그 중심에는 차지혁이 단단하게 서 있어야만 한다.

1차전에서 차지혁이 무너지면?

LA 다저스의 월드 시리즈 우승이 무척이나 힘들어질 수밖에 없는 상황으로 변하기에 맥브라이드 단장은 경기가 시작되기 직전까지 간절하게 원했다.

시즌 동안 보여줬던 실력 그대로만 마운드 위에서 공을 던져 주길 바란다고.

그렇게 시작된 월드 시리즈 1차전.

1회 말, 뉴욕 양키스의 공격이 끝나는 순간까지 자리에 앉아 있지도 못했던 맥브라이드 단장은 어느새 소파에 깊숙하게 몸을 묻은 상태로 그 누구보다 느긋하고 여유로운 표정으로 TV 화면을 지켜보고 있었다.

―더 이상 할 말이 없게 만드는 다저스의 선발 투수 척의 피칭이군요! 타순이 두 번이나 돌았음에도 불구하고 양키스의 타자들 중 단 한 명도 척의 공을 제대로 때려내지 못하고 있군요!

―오늘 어쩌면 아주 진귀한 기록이 작성될지도 모릅니다.

―진귀한 기록이라니 무슨 말인가요?

―1956년 10월 8일에 무슨 일이 있었는지 혹시 알고 있습니까?

―음… 너무 오래된 일이지만, 저는 확실하게 알고 있죠. 메이저리그 역사에 단 한 번뿐인 월드 시리즈 퍼펙트게임이 달성된 날이 아닌가요?

―하하하! 맞습니다! 재밌는 사실은 바로 그 경기가 뉴욕 양키스와 브루클린 다저스의 월드 시리즈 5차전이었습니다.

그날 경기에서 양키스의 선발 투수 돈 라슨(Don Larsen)은 97개의 공만 던지면서 다저스를 퍼펙트게임으로 제압했습니다. 그리고 양키스는 통산 17번째 월드 시리즈 우승을 하게 됩니다.

─양키스에게는 자랑스러운 경기였지만, 다저스에게는 악몽과도 같았던 경기였겠군요.

─그러니 재밌다는 겁니다. 72년 만에 상황이 완전히 뒤바뀌지 않았습니까? 물론 아직까지 6회밖에 끝나지 않았기에 퍼펙트게임을 말할 순 없지만, 다저스의 선발 투수가 척인 것을 생각해 보면 양키스 팬들에게는 거북한 말이겠지만 퍼펙트게임을 충분히 기대할 만하지 않겠습니까?

맥브라이드 단장은 캐스터와 해설자의 말을 들으며 자세를 조금 바꿔 앉았다.

몰랐다.

아니, 어느 누구도 6회밖에 끝나지 않은 상황에서 퍼펙트게임을 떠올리지 않았을 거다.

일반적인 시즌 경기라면, 마운드에서 공을 던지는 투수가 차지혁이라면 자연스럽게 퍼펙트게임에 대한 기대를 해봤겠지만.

"월드 시리즈 1차전에서 퍼펙트게임을 달성한다면……."

온몸에 전율이 일어나는 맥브라이드 단장이었다.

40년 동안 지겹도록 따라다녔던 LA 다저스의 월드 시리즈 우승에 크게 다가갈 수 있게 된다.

"정말이지… 저런 대단한 투수가 어째서 한국과 같은 작은 나라에서 나올 수 있었을까?"

방송국에서도 퍼펙트게임에 대한 기대를 높이기 위해서인지 집중적으로 차지혁의 얼굴을 화면에 담고 있었다.

＊　　　＊　　　＊

선수들의 움직임 하나하나에 엄청난 환호성과 야유로 뒤덮였던 양키 스타디움이 고요한 침묵에 휩싸여 있었다.

"…꿀꺽."

누군가의 목울대가 위아래로 움직이는 소리가 천둥처럼 느껴질 정도였다.

축제.

월드 시리즈라는 최고의 축제 무대가 이렇게 고요할 수 있을까?

"후우우."

로진백을 들었다 놓으며 크게 숨을 토해냈다.

'차라리 시끄러운 게 낫겠어.'

수만 명의 관중들이 모두 기립해서 나를 뚫어져라 바라보고 있다는 사실이 부담스러웠다.

아니, 신경이 쓰였다.

옆에 앉은 사람과 잡담도 나누고, 시원하게 맥주도 들이켜고, 치킨과 핫도그를 씹어 먹으며 이 축제를 즐겼으면 싶었다.

72년 만이라고 했다.

LA로 이전을 하기 전, 뉴욕에 둥지를 틀고 있었던 다저스. 당시에는 브루클린 다저스로 불렸던 때에 지금은 허물어지고 새로 지어졌지만 어차피 이 자리에서 얼마 떨어지지 않은 곳에 건립되어 있던 구 양키 스타디움에서 다저스는 양키스에게 월드 시리즈 5차전에서 퍼펙트게임을 당하는 굴욕을 맛봤다.

그것도 돈 라슨(통산 성적 81승 91패)이라는 평범한 투수에게 당한 퍼펙트게임이고, 메이저리그 최초이자 아직까지도 유일무이한 월드 시리즈 퍼펙트게임이라 다저스의 입장에서는 하루라도 빨리 지워 버리고 싶은 과거라 했다.

그런데 그런 지워 버리고 싶은 과거를 지울 수 있는 순간이 온 거다.

타석에 들어서는 7번 타자 조지 호프메이어를 바라보며 나에게 집중되는 모든 시선과 관심을 애써 털어내기 위해 가볍게 제자리에서 두 번 점프를 했다.

연타석 삼진을 당한 조지 호프메이어의 표정에는 비장함이 보였다.

경기 종료까지 남아 있는 3개의 아웃 카운트 가운데 하나를 자신이 소모해야 할지 모른다 생각했기 때문인지, 어떻게든 퍼펙트게임이라는 최악의 비참함을 피하기 위함인지 홈 플레이트에 바짝 붙어 서서 타격 자세를 잡고 있었다.

'설마 맞아서라도 출루에 성공하라는 작전이 나온 건가.'

충분히 그럴 수 있다 여겨졌다.

월드 시리즈에서 퍼펙트게임으로 패배하는 쓰디쓴 굴욕을 당하느니 비겁하다는 말을 듣더라도 어떻게든 1루로 출루하는 게 양키스 입장에서는 나을 것 같긴 했다.

다만, 문제는.

쇄애애애애액!

퍼— 어엉!

"스트라이크!"

타자의 몸 쪽을 과감하게 찌르고 들어가는 98마일의 포심 패스트볼에 조지 호프메이어가 이를 악물었다.

운이 나쁘다.

오늘처럼 내가 원하는 곳에 정확하게 공을 던질 수 있을 정도로 볼 컨트롤이 좋은 날이 과연 얼마나 있었나 싶을 정도였다.

이런 날에는 웬만해선 안타를 맞지 않는다.

더불어 내가 원하지 않는다면 볼넷도 주지 않고, 몸에 맞는 공 역시 나올 수가 없다.

쐐애애애애애액!

퍼— 어어엉!

"스트라이크!"

두 번째 공도 몸 쪽으로 붙이는 스트라이크를 던짐으로써 어리석게 홈 플레이트에 바짝 다가서서 제대로 된 타격보다 운을 기대하는 행동에 대한 따끔한 일침을 내려줬다.

그리고 세 번째도.

몸 쪽.

다만 달라진 것이 있다면 98마일의 공이 102마일로 올라갔다는 것 정도뿐.

부— 웅!

"스윙! 타자 아아아— 웃!"

이걸로 이제 남은 아웃 카운트는 2개.

그래, 이왕 여기까지 왔는데 남은 두 개의 아웃 카운트를 잡지 못해서 안타를 맞으면 무척이나 억울할 것 같았다.

최선을 다해서 던진다.

두 개의 아웃 카운트를 잡을 수 있다면 제로백 슬라이더만 던져서라도 타자를 잡는다.

각오를 다지고 전쟁터에 나가는 군인처럼 결의와 투지를 다지며 타석에 들어서는 세일 바스케즈 8번 타자를 바라봤다.

―와아아아아아아아아―!

거대한 함성 소리와 거기에 조금도 부족하지 않은 우레와도 같은 박수 소리를 들으며 나는 그 여느 때보다도 크게 환호성을 내질렀다.

메이저리그 역사에 단 한 번 밖에 없었던 월드 시리즈 퍼펙트게임을 내가 두 번으로 늘려놓은 거다.

지금까지 많은 퍼펙트게임을 만들었지만, 오늘만큼 기쁜 적이 없었다.

"지혁아……!"

형수가 울고 있었다.

덩치가 산만 한 녀석의 얼굴은 온통 물기 투성이었다.

땀인지, 눈물인지, 콧물인지, 침인지 알 수 없는 물기가 흥건한 얼굴로 나에게 안겨왔다.

"수고했다. 네가 아니었다면 절대 오늘 경기 퍼펙트게임을 달성하지 못했을 거다. 고맙다, 형수야."

"끄흐윽! 지, 지혁아아―!"

다른 때였다면 꼴사납다고 당장 밀쳐냈겠지만, 지금만큼

은 아니었다.

나 역시 괜히 코끝이 찡해지면서 눈가가 따끔거렸다.

꿈이라도 꿔봤을까?

월드 시리즈 무대에서 선발 투수로 퍼펙트게임을 한다는 걸.

월드 시리즈 무대에서 선발 투수와 포수가 같은 한국인이라는 걸.

정말이지 세상을 다 가진 것 같은 기분이 들었다.

동료 선수들 역시도 몇몇은 눈물을 흘리고 있었다.

모양새만 놓고 본다면 월드 시리즈 우승이라도 한 것처럼 보일 것 같았지만… 뭐, 어때.

내일 경기에서도 또 멋지게 승리하고 다음 경기에서도 승리하고 그다음 경기에서 승리해서 정말로 LA 다저스를 월드 시리즈 우승시켜 버리면 그만 아닌가.

Chapter 13

100MILE

월드 시리즈 2차전에서는 뉴욕 양키스의 저력이 드러났다.

시즌 내내 좋은 활약을 보이며 2차전 승리의 70%이상을 예상했던 딜런 아담스가 6이닝 6실점으로 마운드를 내려가고 말았다.

마찬가지로 LA 다저스의 타자들 또한 양키스에서 선발로 내세운 카를로스 베일리를 상대로 5회 동안 5득점을 하며 화끈한 타격전을 보여줬다.

선발 투수들이 내려간 가운데 양키스와 다저스는 곧바로 필승조와 추격조를 마운드에 올렸다. 타격전으로 점수가 이미 많이 나고 있다지만 1점 차이의 아슬아슬한 상황이었기에 절대 물러설 수 없는 상황이었다.

양 팀의 감독들이 상대팀 타선을 잠재우기 위해 최고의 불펜 투수들을 마운드에 올렸지만, 이미 뜨거워진 양 팀의 타선은 꺼질 줄을 몰랐다.

양키스는 다저스의 추격조를, 다저스는 양키스의 필승조의 투수들을 상대로 매 이닝마다 점수를 냈다.

8회가 됐을 때, 다저스가 드디어 동점에 성공했지만 곧바로 이어진 8회 말 공격에서 양키스는 또다시 1점을 내며 달아났다.

쫓고 쫓기는 긴장감 넘치는 상황이 계속해서 이어졌다.

그리고 9회 초 다저스의 공격을 막기 위해 양키스는 마무리 투수를 마운드에 올렸다.

셀비 글리슨.

제2의 마리아노 리베라로 불리는 셀비 글리슨은 현재 뉴욕 양키스의 수호신이며, 아메리칸리그 2년 연속 세이브왕에 오른 경력이 있다. 올 시즌에도 36세이브를 기록하며 좋은 성적을 거뒀고, 블론 세이브는 고작 3차례밖에 없었다.

셀비 글리슨의 주무기는 메이저리그 최정상급이라 평가를 받고 있는 투심 패스트볼이다.

97마일에 이르는 빠른 구속과 현란한 무브먼트는 한 타석

만에 공략하기가 절대 쉽지 않았다.

아쉽게도 셸비 글리슨의 투심 패스트볼은 월드 시리즈 2차전 마무리 상황에서도 확실하게 위력을 떨쳤다.

3타자를 상대로 2개의 삼진과 1개의 그라운드 볼을 유도하며 뉴욕 양키스의 월드 시리즈 2차전 승리를 굳건하게 지켜냈다.

1승 1패.

겉으로 보면 LA 다저스의 뉴욕 원정 경기는 절반의 성공을 거뒀다고 할 수 있었다.

그러나 자세히 들여다보면 그리 좋은 결과는 아니었다.

당연한 승리라 여겼던 1차전.

승리 확률이 높았던 2차전.

실질적으로 LA 다저스는 뉴욕 원정 경기에서 1, 2차전을 모두 승리하고 LA 홈경기를 갖는 것이 목표였다. 그런데 믿었던 딜런 아담스가 무너져 버리는 바람에 게레로 감독의 표정은 그리 밝지 않았다.

하루 휴식을 갖고 11월 2일 목요일에 월드 시리즈 3차전이 시작됐다.

뉴욕 양키스와 LA 다저스의 선발 투수들은 모두 어깨가 무거웠다.

LA 원정 첫 번째 경기에서 패배하면 기 싸움에서 확실하게 눌릴 수밖에 없는 양키스의 선발 투수 칼렙 콘웨이와 2차전의 패배로 3차전이 무척이나 중요해진 다저스의 선발 투수 존 로더키는 말 그대로 혼신의 힘을 다해서 2028년 마지막 선발 경기라는 듯 투구를 했다.

두 명의 선발 투수들만큼이나 양 팀의 타자들 또한 필사적으로 경기에 임했다.

투수들은 조금이라도 정교하게 공을 던지기 위해 이를 악물었고, 야수들은 타구 하나를 잡기 위해 몸을 사리지 않았으며, 타석에 선 타자들은 눈을 부릅뜨고 공을 골라내거나, 배트를 휘두르며 안타를 만들어냈다.

단단한 방패도, 날카로운 창도 없는 경기였지만 박진감과 긴장감은 대단했다.

원맨쇼로 끝나 버린 1차전과 쉬지 않고 두드려 대기만 했던 2차전보다 훨씬 재밌는 경기였다.

치고, 때리고, 필사적으로 달리고, 막고, 저지하고.

더그아웃에서 지켜보는 내내 손에 땀이 찰 정도로 경기는 열정적이었다.

양 팀의 선수들 모두가 필사적으로 경기에 임했고, 승부는 결국 정규 이닝만으로는 부족하다는 듯 연장전으로까지 이어졌다.

연장 10회, 11회, 12회, 13회까지 이어지는 진땀 나는 승부에 양 팀 선수들의 체력은 바닥을 향해 내달렸지만, 오늘 승리하는 팀이 남아 있는 월드 시리즈 경기에서 우위를 점할 것 같다는 강한 예감에 양 팀 감독들은 상황마다 선수를 교체해 가며 끈질긴 승부를 연장시켰다.

"하필이면 이런 날……."

연장 13회에 교체된 형수가 분한 얼굴로 중얼거렸다.

6타수 무안타, 삼진 2개.

월드 시리즈에서 최악의 경기력을 보여준 형수는 연장 13회 말, 2사 3루 상황에서 결국 대타와 교체되고 말았다.

형수의 오늘 타격 컨디션을 감안했을 때, 끝내기 안타를 칠 가능성이 없다 판단한 게레로 감독의 결정이었다.

당연히 형수는 무척이나 자존심이 상하고, 부끄러운 얼굴로 더그아웃으로 들어와 고개를 푹 숙였다.

이런 상황에서 위로를 해봐야 형수의 자존심만 상한다는 걸 알기에 그저 말없이 곁에 있어줬다.

벌써 6시간을 훌쩍 넘겨 버린 경기임에도 불구하고 관중들은 누구 한 명도 지루해하거나 피곤한 얼굴을 보이지 않았다.

승부는 연장 15회 말, 토렌스의 끝내기 홈런으로 LA 다저스의 승리로 끝났다.

형수에게 주전 자리를 위협받으며 절반씩 경기를 나눠서 출장하고 있던 찰나에 월드 시리즈라는 중요한 경기에서 연장 끝내기 홈런을 때렸으니 한 사람은 천국으로, 한 사람은 지옥으로 떨어지는 기분을 느낄 수밖에 없었다.

"헐!"

우중간 담장을 넘겨 버리는 토렌스의 타구를 바라보며 형수는 팀 승리에 기쁘면서도 개인적으로는 절대 기뻐할 수 없는 얼굴로 입맛을 다셨다.

"젠장! 4차전에는 빠지겠네. 어휴~!"

형수의 한탄에 녀석의 어깨를 툭툭 쳐 주었다.

솔직히 억울하고 답답하기로 따지면 1차전부터 3차전까지 내리 선발 라인업에 이름이 빠졌던 토렌스다. 공격력이 약하다는 이유만으로 수비력이 더 좋은 토렌스 대신 형수가 항상 포수 마스크를 썼는데, 오늘 경기에서 게레로 감독에게 상당한 갈등을 던져 준 거다.

그리고 내 생각에도 3차전에서 극심한 부진을 보인 형수보다는 끝내기 홈런까지 터뜨리며 상승세를 탄 토렌스가 4차전 선발 라인업에 이름을 올릴 가능성이 컸다.

"내일 경기에서 우리가 승리하면 5차전에는 다시 선발 라인업에 이름을 올릴 수 있을 거야."

"응? 무슨… 아!"

내 말에 무슨 소리냐는 듯 나를 바라보던 형수가 이내 내 뜻을 알아차리고는 히죽 웃었다.

시리즈 전적 2승 1패.

4차전에서 승리하면 3승 1패가 된다.

그렇다면 게레로 감독 입장에서는 무조건 LA 홈에서 월드 시리즈 우승을 하려고 할 거다.

시작과 끝.

5차전 선발은 내가 될 가능성이 무척이나 높았다.

물론 월드 시리즈에서 창출되는 어마어마한 금전적 이익을 위해서라면 7차전까지 경기를 끌고 가는 것이 맞겠지만, 무려 40년 만의 우승을 코앞에 두고 위험하게 경기를 치를 이유가 없는 다저스였다.

그러나 절대 쉽게 승리를 장담할 수 없는 상대가 뉴욕 양키스다.

만에 하나라도 4차전과 5차전에서 연속으로 패배를 하면 시리즈를 끝내야 하는 내가 다급하게 시리즈를 원점으로 돌리기 위해 6차전에 등판하기 때문이다.

내일 LA 다저스의 선발 투수는 포스터 그리핀.

시즌 내내 좋지 않은 모습으로 내년 시즌을 기약할 수 없는 포스터 그리핀이지만, 지금으로서는 그를 대신해서 4차전 선발에 등판시킬 다른 투수가 없었다.

결국은, 타선이 얼마나 폭발해 주느냐가 관건이다.

다행이라면 양키스의 선발 투수 역시 기존의 4선발 투수가 부상으로 자리를 이탈하면서 5선발 투수가 올라와야만 했다.

성적만 놓고 본다면 포스터 그리핀보다 좋다고 부를 수 없었으니 결과적으로는 양키스 입장으로서도 얼마나 포스터 그리핀을 두들겨서 점수를 내느냐였다.

'5차전까지 간다면.'

한 치 앞도 내다볼 수 없는 암흑의 경기가 펼쳐진다.

다저스와 양키스 모두 마땅한 선발 투수가 없었으니까.

이런 경기에서 깜짝 스타가 탄생하기도 하지만 어쨌든 그런 결과는 나나 다저스나 결코 원하는 그림이 아니다.

게레로 감독의 머릿속에 구상되어져 있는 4차전은 안 봐도 뻔했다.

투수 총력전.

포스터 그리핀을 선발로 내세우면서도 불펜 투수들을 모조리 투입해서 어떻게든 양키스의 타선을 막으려고 할 거다.

꾸역꾸역 막아도 좋으니 승리만 하면 된다는 식으로 경기를 운영하겠지.

그렇게 승리하면 11월 4일 대망의 월드 시리즈 5차전에서 LA 다저스는 40년 만의 월드 시리즈 우승을 거머쥐게 될 거다.

내일 경기가 얼마나 중요한지 모두가 알고 있었다.

짜릿한 연장 승리를 쟁취한 다저스 선수들이었지만, 어느

한 명도 긴장이 풀어지지 않았다. 연장 혈투로 인한 체력 소모가 대단했지만, 내일 경기를 반드시 이겨야 한다는 심리적 부담감이 그만큼 컸기 때문이다.

경기가 끝나자마자 선수들은 각자의 집으로 돌아갔다.

3차전 승리의 기쁨보다는 내일의 경기를 위해 조금이라도 더 체력을 보충하는 것이 우선이라는 걸 알기 때문이었다.

형수 역시 집으로 들어가기가 무섭게 씻고 잠을 잤고, 나는 5차전이든, 6차전이든 최상의 컨디션으로 마운드에 오를 수 있도록 가볍게 운동을 하고 잠을 잤다.

*　　　　*　　　　*

ㅡ크레이그 바렛! 싹쓸이 3루타를 터뜨립니다! 이로서 다시 승부는 원점으로 돌아가게 됐습니다! 3점 차 리드를 지키며 4차전 승리를 코앞에 뒀던 양키스로서는 지금 상황이 굉장히 불편할 것만 같습니다! 무엇보다 다 이겨놓은 경기에서 동점 상황이 되었고, 이제는 역전 위기에 처했습니다!

8회 말 2사 만루 상황에서 크레이그 바렛의 타구가 우익수 깊은 곳을 꿰뚫으며 극적인 3타점 3루타가 터졌다. 무엇보다 6 대 3으로 패색이 짙었던 경기를 다시 원점으로 돌려 버렸기에 다저 스타디움을 찾은 LA 다저스 팬들은 난리가 났다.

무엇보다 아직 경기는 끝나지 않았다.

2사 3루 상황이었기에 또다시 단타 하나면 역전으로까지 경기를 뒤집을 수 있게 된다.

타석에 들어선 코리 시거의 표정이 비장했다.

월드 시리즈 내내 좋은 활약을 보여주긴 했지만, 경기를 주도했다거나 극적인 상황을 연출한 적은 없었다. 그런데 기회가 왔다. 여기서 역전 적시타를 하나면 된다. 그거면 코리 시거는 충분히 제 몫을 한 타자로 각인된다.

딱!

투수 옆을 아슬아슬하게 스치고 지나가는 안타.

3루에 있던 크레이그 바렛이 홈으로 들어왔고, 코리 시거는 1루 베이스를 밟고 지나가며 주먹을 불끈 쥐었다.

아직 9회 초, 뉴욕 양키스의 공격이 남아 있었지만 승리에 대한 확신이 드는 순간이었다.

그리고 그런 내 확신은 결국 맞아 떨어졌다.

1점 차 짜릿한 승리.

그것도 역전승이라서 더욱더 기분이 좋을 수밖에 없었다.

"내일, 부탁한다."

클럽 하우스에서 트라웃과 코리 시거가 함께 내게 다가와 그렇게 말했다.

뿐만 아니라, 다른 선수들 역시도 모두 날 믿는다는 신뢰의 표정으로 쳐다보고 있었다.

현재 LA 다저스 선수들은 극적인 드라마보다는 안정적인 우승을 바라고 있었다.

자그마치 40년 만의 우승이니까.

이럴 때는 긴장하는 모습보다는 나만 믿으라는 자신감 넘치는 모습을 보여줘야겠지?

"내일 샴페인 터뜨리죠."

내 말에 트라웃이 화통하게 웃었고, 코리 시거도 멋진 미소를 지으며 내 어깨를 두드렸다.

그리고 내일, 우승을 확정짓고 나면 곧바로 해야 할 일이 있었다.

그 일을 위해서라도 반드시 내일 경기 뉴욕 양키스를 확실하게 잡아야만 했다.

날이 밝았고, 마지막 결전의 시간이 다가왔다.

뉴욕 양키스와 LA 다저스의 월드 시리즈 5차전.

다저 스타디움에서 열리는 2028년 마지막 야구 경기였기에 주변 도로는 극심한 교통 체증을 불러 일으켰다. 흔한 말로 인산인해를 이루었는데, 재밌는 광경은 대다수의 다저스 팬들은 이미 월드 시리즈 우승을 축하한다는 문구가 적힌 피켓과 커다란 현수막 등을 들고 다녔다는 것이다.

믿음.

40년의 악몽을 끊어줄 거라는 굳건한 믿음이 다저스 팬들에게 있었고, 그 믿음의 대상은 다른 누구도 아닌 바로 나였다.

"오빠―!"

다저 스타디움에 도착해서 클럽 하우스로 향하는데 반가운 음성이 들렸다.

"네가 여긴 어떻게 왔어?"

지아였다.

학교 때문에 미국에 올 수 없었던 지아가 갑자기 나타난 거였다.

지아의 곁에는 아버지와 어머니는 물론 안젤라와 황병익 대표와 유혁선 선배와 박호찬 선배까지 함께 서 있었다.

"오늘 경기만 후딱 보고 바로 한국으로 갈 거야. 그러니까 이겨!"

오늘 경기를 위해 미국까지 온 지아의 모습에 걱정 말라는 듯 대답했다.

"걱정하지 마. 오늘 반드시 이길 테니까."

"당연하지! 원래부터 걱정은 하지도 않았어! 많은 건 바라지 않을게. 1차전처럼 퍼펙트게임으로 끝내! 알겠지?"

"그건 좀 어려운 부탁 같은데?"

"뭐야! 그 정도도 못 해? 내가 학교까지 빠져가면서 왔는데 그 정도 성의는 보여야지! 하여간, 난 퍼펙트 아니면 인정하지 않을 테니까 반드시 퍼펙트로 끝내!"

지아의 말에 부모님을 비롯해서 안젤라와 선배들까지 모두 웃고 말았다.

"오늘 경기도 부담 갖지 말고 언제나처럼 자신 있게 네 공을 던지길 바란다."

아버지의 당부.

"아들! 엄마는 아들이 이겨도 좋고, 져도 좋으니까 다치지만 않았으면 좋겠어. 엄마 마음 알지?"

어머니의 걱정.

"이미 저번 경기에서 당신이 얼마나 대단한 투수인지 모두에게 보여줬으니까 그거면 충분하다고 생각해요. 그러니까 무리하지 말고 즐거운 경기를 했으면 좋겠어요."

안젤라의 응원.

"퍼펙트야! 퍼펙트 아니면 절대 안 돼! 알겠지?"

지아의 협박.

"차지혁 선수라면 반드시 오늘 경기 승리하리라 봅니다. 아마도 오늘 경기가 끝나고 나면 맥브라이드 단장을 비롯해서 많은 단장들이 저와 만나고 싶다고 꽤나 괴롭힐 테지만, 에이전트의 입장에서 그것보다 더 즐거운 일이 또 어디에 있겠습니까? 하하하!"

"다저스의 40년 한을 반드시 네 손으로 풀어주길 바라마. 너라면 분명히 할 수 있으니까. 긴장하지 말고, 지금까지 해 왔던 것처럼 해주면 될 거다."

"다른 무엇보다도 한국인이 다저스의 월드 시리즈 우승을 이끌었다는 게 난 가장 뿌듯하고 자랑스럽다. 정말 고맙다."

황병익 대표와 선배들의 격려까지.

어느새 경기에 대한 긴장이나 압박 따윈 씻은 듯이 사라져 버렸다.

오늘 경기는 모두를 위해서 던지겠다.

지금까지 내가 야구를 해오면서 이 자리에까지 올 수 있도 록 도움을 주고, 응원을 해주었던 모든 사람들을 위해서 최고 의 공을 던지겠다고 다짐했다.

그렇게 월드 시리즈 우승을 향한 피칭이 시작됐다.

＊　　　＊　　　＊

퍼엉! 퍼엉! 퍼엉! 퍼엉! 퍼엉! 퍼엉! 퍼엉! 퍼엉!

끊임없이 터지는 폭죽 소리에 그제야 온몸에 힘이 쭉 빠져 나가는 기분이 들었다.

월드 시리즈 두 번째 퍼펙트게임.

나조차도 믿겨지지 않는 또 하나의 기록이 수립되었다.

천천히 고개를 돌려 관중석을 바라봤다.

대다수의 LA 다저스 팬들이 울고 있었다.

기쁨의 눈물, 감격의 눈물이었다.

뉴욕 양키스를 열렬히 응원하던 팬들 중에서도 눈물을 훔치는 이들이 있었다.

기쁨의 눈물이라기보다는 패배의 아쉬움과 분한 감정이 섞인 눈물이겠지.

하지만 그것도 잠시일 뿐이었다.

분한 표정을 감추지 못하던 양키스 팬들조차 어느 정도 감정이 가라앉자 박수를 치며 다저스의 승리를, 내가 세운 위대한 기록에 대한 순수한 감정으로 박수를 쳐 주기 시작했다.

그 잠깐의 시간이 지나고 나자 마운드에 서 있는 나를 향해 LA 다저스의 모든 선수들이 달려들었다.

그렇게 난 죽지 않을 정도로 선수들에게 격렬한 인사를 온몸으로 받아야만 했다.

LA 다저스의 40년 만의 월드 시리즈 우승.

경기가 끝났지만 자리를 떠나는 관중은 단 한 명도 없었다.

우승 트로피를 받는 장면, 수많은 기자에게 둘러싸여 인터뷰를 하는 모습, 그리고 MVP에 호명되며 수상 소감을 하는 것까지 팬들은 단 한 장면도 놓칠 수 없다는 듯 모두 기립해서 그 긴 과정을 지켜보고 있었다.

—마지막으로 지금 이 장면을 지켜보고 있는 모든 팬들에게 하고 싶은 말이 있습니까?

아나운서의 물음에 나는 슬쩍 뒤를 돌아봤다.

형수가 고개를 좌우로 연신 흔들고 있었다.

—척? 팬들에게 마지막으로 하고 싶은 말이 있습니까?

대답을 재촉하기보다는 내 행동에 의구심을 품고 있는 아나운서의 모습을 바라보던 와중에 누군가 헐레벌떡 뛰어왔고, 그에게 제법 고급스러운 네모난 케이스를 받아든 형수가 재빨리 내게 달려왔다.

형수는 내게 네모난 케이스를 건네주고는 익살스럽게 웃으며 물러났다.

—척, 그건…….

아나운서가 케이스를 알아보곤 뭐라고 하려는 순간, 말을 끊었다.

"지금 이 자리에서 반드시 꼭 해야 할 일이 있습니다."

그렇게 말을 하고 인터뷰 박스에서 벗어나 걸음을 옮겼다.

처음에는 자신 있게 걸었지만, 걸음 수가 늘어갈수록 온몸이 경직되기 시작했다.

"후우. 후우. 후우."

전력으로 공을 100개 정도 던질 것처럼 호흡이 올라왔다.

갑작스런 내 돌발 행동에 아나운서는 물론 나를 잡고 있던 카메라도 다급하게 나를 따라 움직였다. 동시에 내 인터뷰를 지켜보던 관중들도 크게 술렁거렸다.

한 걸음, 한 걸음을 내딛을 때마다 목이 바짝바짝 말랐고, 과연 지금 내 행동이 맞는 건가 하는 의심도 들었지만, 이제 와서 되돌릴 수 없었기에 멈추지 못했다.

그렇게 내가 걸어서 도착한 곳은.

"오빠?"

지아가 내 모습을 보고는 깜짝 놀라서 날 쳐다보다 이내 내 시선이 안젤라에게 머물고 있다는 걸 확인하고는 슬그머니 뒤로 빠져줬다.

눈치 하나는 정말 기가 막힌 지아였다.

안젤라는 돌발적으로 벌어진 내 행동과 카메라가 자신을 비추고 있자, 살짝 당황한 얼굴로 지금 상황을 해석하려고 했다.

"후우우우우."

크게 숨을 토해내고는 안젤라의 손을 잡고 다시 걸었다.

"척, 뭐하는 거예요?"

안젤라가 나만 들을 수 있게끔 작게 물었다.

음성에는 당혹스러움이 가득했다.

"잠시만요."

그렇게 대답을 하고 안젤라의 손을 잡고 걸어간 곳은 다저스타디움의 마운드 위였다.

안젤라를 마운드 한가운데 세워두고 그녀의 앞에서 한쪽 무릎을 꿇었다.

내 행동에 그제야 관중석에서 '우와아아아' 하는 함성이 들렸다.

안젤라 또한 내가 자신 앞에서 무릎을 꿇자 다음 행동이 무엇인지를 깨달았는지 얼굴이 빨갛게 변하는 것 같았다.

형수에게 받은 고급스런 케이스를 조심스럽게 열었다.

반지였다.

정식으로 월드 시리즈 우승을 하고 나서 받을 수 있는 월드 시리즈 우승 반지는 아니었고, 내가 특별히 황병익 대표에게 부탁을 해서 만든 모조품으로, 작년 월드 시리즈 우승 반지의 디자인을 약간만 더 세련되게 바꾸고 안젤라가 끼고 다니기 좋은 방향으로 형태만 변형을 줬다.

모조품이라고 하지만 가격은 상상을 초월했다.

반지 테두리를 감싸듯이 박혀 있는 작은 다이아몬드들의 가격만 하더라도 억억 소리가 절로 나올 정도였으니까.

무엇보다 세상에 단 하나밖에 없는 안젤라만을 위한 반지였다.

반지를 안젤라에게 내밀며 떨리는 목소리로 물었다.

"안젤라, 당신을 사랑해요. 나와 결혼해 주겠어요?"

에필로그

축구 역사상 가장 위대한 선수를 말하라면 과연 누구 한 사람을 꼭 집어서 말할 수 있을까?

아마도 쉽지 않을 거다.

하지만 야구 역사상 가장 위대한 선수를 말하라면 대다수의 사람들은 그를 말할 것이다.

인류가 낳은 가장 위대한 강속구 투수, LA 다저스의 영원한 에이스 차지혁.

나는 감히 그 어떤 야구 선수도 차지혁과 비교할 수 없다 단언할 수 있다.

프로 통산 598전 474승 51패의 투수.

메이저리그 통산 569전 445승 51패를 기록하며 선수 생활을 마친 차지혁이 어째서 역사상 가장 위대한 투수인지 이제부터 설명을 해보겠다.

메이저리그 12년 연속 20승 돌파와 더불어 이 기간 동안 차지혁은 무려 0점대 평균 자책점을 유지했다.

놀랍지 않은가?

이 사실 하나만으로도 이미 차지혁은 역사상 가장 위대한 투수라 불려도 부족함이 없을 것이다.

이 기록은 시작에 불과하다.

프로 통산 4,727이닝을 소화했고, 메이저리그에서만 4,497이닝을 소화했다.

이 기록은 놀란 라이언의 5,386이닝 다음으로 많은 이닝을 소화한 역대 2위의 기록으로 현대 야구 이전의 기록 즉, 데드볼 시대의 기록들은 논외로 치겠다.

프로 통산 0.87의 평균자책점을 기록했고, 메이저리그에서는 0.89로서 이 기록은 현대 야구 이전의 데드볼 시대를 모두 통틀어도 최고의 기록이다.

무엇보다 차지혁을 떠올리면 자연스럽게 생각나는 것은 바로 야구의 신이 부여했다는 말이 나올 정도로 어마어마한 탈삼진 능력이다.

프로 통산 7,734개, 메이저리그에서는 7,457개의 탈삼진을 잡으며 이 역시 야구라는 스포츠가 생겨난 이래 가장 많은 탈삼진을 잡은 투수로서 당당히 가장 높은 자리에 이름을 올리고 있다.

기존 2위인 놀란 라이언의 5,714개와는 무려 1,743개의 차이가 난다.

무엇보다 더 경악스러운 사실은 놀란 라이언의 경우 807경기에 마운드에 올랐고, 선발 경기만 무려 773경기라는 사실이다. 반면, 차지혁은 선발로만 598경기에 마운드에 올랐으니 경기당 12개 이상의 삼진을 잡으며 타자들을 완벽하게 유린했다는 뜻이다.

이제부터는 부연 설명 없이 차지혁이 메이저리그에서 달성한 기록들을 담담하게 적어보겠다.

—내셔널리그 최다승 보유 : 445승.

—메이저리그 역대 통산 승률 1위.

—메이저리그 역대 통산 최다승 2위.

—메이저리그 역대 통산 시즌 최초의 무패 기록 달성 : 총 3회(2027, 2029, 2041시즌).

—메이저리그 6년 연속 400탈삼진 : 2028~2033시즌.

—메이저리그 12년 연속 200이닝 돌파 : 2027~2038시즌.

—메이저리그 데뷔 시즌부터 은퇴 시즌까지 연속 200탈삼진 돌파 : 2027~2046시즌.

　—메이저리그 역대 통산 최다 완봉승 : 179회.

　—메이저리그 역대 통산 최다 완투승 : 243회.

　—메이저리그 5년 연속 다승왕 : 2028~2032시즌.

　—내셔널리그 12년 연속 사이영상 수상 : 2027~2038시즌.

　—내셔널리그 4년 연속 MVP 수상 : 2027~2030시즌.

　—내셔널리그 14번의 사이영상 수상과 9번의 MVP 수상.

　—월드 시리즈 우승 7회.

　—월드 시리즈 MVP 4회.

　—메이저리그 데뷔 시즌부터 은퇴 시즌까지 올스타 선정 1위.

　—메이저리그 역대 통산 월드 시리즈 연속 퍼펙트게임 기록 : 2028시즌.

　—메이저리그 역대 통산 한 경기 최다 탈삼진 기록 : 26탈삼진.

　—메이저리그 역대 통산 최다 연속 이닝 무실점 기록 : 96.2이닝.

　—메이저리그 역대 통산 최다 퍼펙트게임 기록 : 23회.

　—메이저리그 역대 통산 최다 노히트 게임 기록 : 17회.

　너무나도 화려하지 않은가?

　메이저리그에서 20년 동안 차지혁이 기록한 것들이다.

　데뷔와 동시에 항상 최정상의 자리에서 군림을 해온 대투수가 바로 차지혁이다.

LA 다저스에서만 20년 동안 활동하며 에이스 자리를 굳건하게 지켜낸 차지혁에게 아쉬운 점이 과연 있을까 싶지만, 그에게도 아쉬운 점이 분명 존재하고 있었다.

우선 단 한 번도 시즌 30승 달성을 하지 못했다는 사실이다.

차지혁의 커리어 하이 시즌은 단연 2029시즌이다.

33전 29승 무패.

280이닝을 소화하면서 단 13실점으로 평균자책점 0.42를 기록하며 역대 최저 평균자책점의 신기록을 세웠고, 무려 440개의 탈삼진을 잡아내며 이닝당 1.9라는 엄청난 수치를 만들어냈다. 이 당시 차지혁은 이전 시즌에서 첫 선을 보였던 제로백 슬라이더를 던지며 말 그대로 메이저리그를 완벽하게 초토화시켰다.

실로 무시무시했던 시즌이었다.

그리고 또 아쉬운 점을 꼽으라면 역시 눈치가 빠른 사람들은 알겠지만, 바로 단 한 번도 골드 글러브와 실버 슬러거를 탄 적이 없다는 점이다.

골드 글러브야 수비에서 특별하게 활약을 보여줄 것이 없을 정도의 피칭으로 타자들을 압도했으니 어쩔 수 없었다지만, 실버 슬러거를 탄 적이 없다는 건 아쉬웠다.

투수로서 무결점 투수라 불리는 차지혁이지만, 그에게서

유일한 약점을 찾으라면 그건 딱 하나, 바로 타격이다. 메이저리그 20년 통산 타율이 0.135였으니까. 만약, 차지혁이 내셔널리그가 아닌 아메리칸리그에서 선수 생활을 했다면 이 유일한 약점조차 발견되지 않았을 거다.

이렇게 대단했던 차지혁은 모두의 예상보다 이른 시기에 은퇴를 결심하고 말았다.

2046년이 차지혁의 마지막 메이저리그 시즌이었는데, 마지막까지도 그는 최고의 자리에서 내려오지 않았다. 18승 3패, 1.57의 평균자책점을 기록하며 생에 마지막 사이영상과 내셔널리그 MVP를 거머쥔 것이다.

한국 나이로 40살, 미국 현지 나이로 39살.

메이저리그 20년 선수 생활의 마침표를 역대 그 어떤 선수보다 화려하게 장식했다.

여전히 100마일의 공을 던지며 리그 최정상급의 구위를 자랑했던 차지혁이었기에 그의 은퇴는 전 세계의 수많은 팬들과 LA 다저스 구단에게 있어 재앙이나 다름없었다. 최소 2시즌까지는 충분히 더 공을 던질 수 있는 여유가 있었음에도 그는 미련 없이 정상의 자리에서 은퇴를 하고 말았다.

언제고 일어날 일이었지만 차지혁의 은퇴식이 열린 날은 전 세계인이 눈물을 흘려야 했고, 본 기자 역시 흐르는 눈물을 주체할 수가 없을 정도로 많이 울었던 기억이 난다.

정상의 자리에 있을 때, 미련 없이 떠나는 것이 가장 아름답다.

차지혁은 자신의 은퇴식에서 그렇게 말을 했고, 모든 팬들은 그를 그렇게 보내줘야만 했다.

지금 생각해 보면 참으로 멋진 은퇴였던 것 같다.

아무리 대단했던 선수도 나이가 들면 자연스럽게 기량이 떨어지게 마련이니까.

항상 최고의 자리에만 서 있던 차지혁은 스스로 알았던 거다.

다음 시즌부터는 더 이상 자신이 최고의 선수가 되지 못할 거란 사실을.

우리 모두는 차지혁을 통해 알게 됐다.

아무리 대단한 타자가 있다 하더라도 100마일을 넘나드는 강력한 패스트볼을 자유자재로 구사하는 투수의 공은 말 그대로 무적이라는 사실을. 또 언제 차지혁과 같은 위대한 강속구 투수가 등장할지 모르지만, 본 기자는 어쩌면 그 시기가 무척이나 빨리 다가오지 않을까 기대를 해보며 이 글을 마친다.

—CBC 스포츠 차동호.

                    *   *   *

따악—!

—와아아아아아아—!

생각보다 힘 있게 뻗어 나가는 타구를 바라보며 맥주를 들이켰다.

시원한 청량감이 무척이나 기분을 좋게 만들었다.

—체크! 체크! 체크! 체크! 체크! 체크!

홈런을 치고도 무덤덤한 표정으로 베이스를 돌고 있는 고등학생을 향해 관중들은 무척이나 열광적으로 환호했다.

약간 갈색 빛깔이 나는 머리카락에 또래보다 조금 더 큰 키와 탄탄한 체격을 갖추고 있는 그는 무척이나 잘생겼다. 당장 야구 선수가 아니라 연예인을 시켜야 할 정도로 이목구비가 조각상 같았다.

"뭘 그렇게 흐뭇하게 보냐? 아들 얼굴 뚫어지겠네!"

맥주를 물처럼 들이켜는 거구의 남자, 큰 체격에 제법 나온 배가 웬만한 서양인들보다 더 크게 느껴질 정도였다.

"살 좀 빼라고 그렇게 구박을 받으면서도 맥주가 들어가는 걸 보면 너도 참 속 편한가 보다."

내 말에 거구의 남자가 인상을 잔뜩 찌푸렸다.

"다이어트는 개나 줘버려!"

버럭 소리를 내지른 남자가 속이 탄다는 듯 남아 있던 맥주를 모조리 목구멍으로 쏟아 부었다.

"크아~ 좋다아아아! <u>ㅎㅎㅎㅎ</u>!"

"저기 에바 온다."

"뭐?"

제법 박력 넘치게 소리치던 모습은 온데간데없이 허겁지겁 자신의 주변에 있던 빈 맥주잔을 치우는 남자의 모습에 헛웃음이 나왔다.

"왜 그러고 사냐? 그리고 솔직히 너 요즘 살 너무 쪘어. 적당히 좀 먹고 최소한 정상 체중만큼이라도 유지해라."

"왜 사람 놀래키고 있어! 그리고 요즘에 먹는 재미로 사는 놈한테 그만 먹으라니? 차라리 나보고 죽으라고 그래!"

"내가 말하지 않아도 오래 살기는 틀렸다 싶다."

"…친구한테 그게 할 말이냐! 젠장! 이럴 줄 알았으면 종섭이랑 오는 건데!"

"종섭이가 그러더라. 너랑 다니기 창피하다고."

"차, 창피하다고? 내가 왜! 내가 어디가 어때서! 이 새끼들이 진짜! 니들 날 너무 막 대하는 거 아냐? 나 장형수야! 메이저리그 최고의 포수로 이름 날렸던 장형수라고!"

제 가슴을 탕탕 치며 소리치는 형수의 모습에 한마디를 하려다가 어느새 다가온 시커멓고 길쭉한 그림자로 인해 입을 다물고 말았다.

"메이저리그 역사를 갈아 치워 버린 위대한 투수 앞에서 뭐라는 거야? 그리고 너만 이름 날렸냐? 그런 걸로 따지면 너보다는 내가 더 윗줄 아니냐? 최소한 나는 메이저리그 역대 단일 시즌 최다 안타 기록이라도 가지고 있는데, 넌 아무것도 없잖아?"

강퍅해 보이는 인상의 마른 체형의 남자, 송종섭이 어느새 형수의 뒤로 다가와 그렇게 비꼬았다.

하긴, 따지고 보면 형수보다는 종섭이가 한 줄 위인 건 사실이다.

단일 시즌 메이저리그 역대 최다 안타 신기록을 세운 놈이니까.

거기에 메이저리그 통산 타율, 출루율, 안타수, 장타율에서도 종섭이가 더 뛰어났다.

물론 따진다면야 통산 홈런만큼은 형수가 더 많았지만 상대적으로 2시즌을 더 먼저 시작했기 때문이었다. 다시 말하면 실질적으로 경기 수 대비 홈런 개수는 종섭이가 더 위였다.

잔뜩 인상을 찌푸리고 있던 형수가 비열하게 웃으며 대꾸했다.

"난 월드 시리즈 반지가 집에 일곱 개나 있다! 그리고 골드 글러브도 내가 너보다 4번이나 더 많이 탔지? 아아! 실버 슬

러거도 내가 하나 더 많지 않았던가? 흐흐흐흐!'

형수의 말에 종섭이의 표정이 살짝 일그러졌지만, 이내 피식 웃으며 대꾸했다.

"월드 시리즈야 지혁이 때문에 덤으로 얻은 거고, 골드 글러브 역시도 고만고만한 놈들 중에 줄 만한 놈이 없으니까 지혁이 공 받는 놈 주자 식으로 던져 준 거고, 실버 슬러거? 꼴랑 열네 명이랑 경쟁하는 것하고 마흔네 명 이상이랑 경쟁하는 것하고 비교가 되는 건지 모르겠네? 뭐, 그렇게라도 이기고 싶다면 어쩔 수 없고."

완패.

언제나 느끼는 거지만 형수는 절대 종섭이의 상대가 아니었다.

"크아아아—! 이 빌어먹을 새끼들! 내가 니들하고 십 년 넘게 한솥밥을 먹었다는 게 억울하다!"

발광하는 형수를 종섭이는 이겼다는 눈빛으로 쳐다보고 나서야 내 옆에 앉았다.

"민준이는 아직도냐?"

종섭이의 물음에 나는 픽 웃으며 고개를 끄덕였다.

그럴 줄 알았다는 듯 종섭이가 말했다.

"웬만하면 민준이가 하고 싶다는 걸 시켜. 솔직히 말해서 내가 민준이라고 하더라도 투수보다는 타자를 선택하겠다. 그러면 최소한 아버지보다 못한다는 소리는 듣지 않을 것 아냐?"

"그렇지! 그렇지! 내가 방망이 거꾸로 잡고 쳐도 2할은 나오지! 흐흐흐흐!"

형수의 말에 종섭이와 내가 웃고 말았다.

그러는 사이 이닝이 끝나며 공수가 교대됐다.

"체크! 삼진으로 다 잡아줘요!"

"사랑해요! 체크!"

"꺄아악! 체크가 여길 쳐다봤어! 어떻게!"

시끄럽게 소리를 지르며 어쩔 줄을 몰라 하는 미국 여학생들을 바라보며 형수가 말했다.

"그러지 말고 아예 모델이나 연예인을 시켜 버려. 솔직히 민준이 정도면 어디 내놔도 빠지지 않잖아? 그리고 보면 참 다행이야. 지혁이 널 닮지 않고 안젤라를 닮았으니까. 흐흐흐! 아! 한 사람 더 있었지! 현아도 아빠를 닮지 않고 엄마를 닮아서 얼마나 다행인지 몰라!"

형수의 말에 종섭이와 내 표정이 동시에 일그러졌다.

하지만 종섭이의 한마디에 상황은 다시 역전되고 말았다.

"준호는 아직도 거울만 보면 우냐?"

형수의 아들, 장준호. 누가 봐도 형수 아들이라고 광고를 하는 것처럼 딱 형수의 옛 모습을 고스란히 간직한 얼굴로 어렸을 때 왜 자신은 엄마가 아닌 아빠를 닮았냐며 며칠을 울고 불고 난리를 쳤었던 과거가 있다.

형수에게는 무척이나 굴욕적인 과거의 기억이었고, 나와 종섭이에게는 언제 꺼내도 재밌게 놀려먹을 수 있는 추억이었다.

종섭이와 연락을 트면서 형수는 자연스럽게 에바와 연결이 됐다.

물론 두 사람의 연애사를 말하자면 무척이나 길었지만, 나와 종섭이는 짧게 설명한다.

사랑을 구걸했던 형수.

진드기처럼 달라붙었던 형수를 결국을 쳐내지 못한 마음 약한 에바.

두 사람의 결혼은 그렇게 이루어졌다.

결혼식 날 종섭이가 아주 멋진 말로 축하를 해주었다.

"그 시작은 구질구질하더라도 끝은 아름답길 바란다."

멋진 축하 말이었지만, 당사자인 형수는 그렇지 않았던지 결혼식 내내 눈알을 부라리며 종섭이를 노려봤던 모습이 아직도 잊히지 않는다.

쇄애애애액!

퍼어— 어엉!

"스트라이크!"

주심의 시원시원한 음성에 종섭이가 고개를 끄덕였다.

"누구 아들 아니라고 할까 봐 공 죽이네. 하긴, 저런 공을 던질 줄 아는데 타자를 선택하라고 하는 건 좀 아깝긴 하네."

형수가 재빨리 끼어들었다.

"누가 봐도 딱 지혁이 고딩 때 모습 아니냐?"

"그렇긴 하네."

"다른 건 몰라도 아들 하나는 정말 기똥차게 낳았다! 아버지의 대를 이어서 메이저리거가 되면 아시아인 최초가 되지? 너도 부족해서 이제 아들까지 메이저리그에서 최초 타이틀을 가져가려고 하냐? 하여간 욕심이 끝이 없어요!"

형수의 말에 종섭이가 고개를 끄덕이며 말했다.

"지독한 부자지간이지."

"젠장! 준호 이 새끼는 왜 잘하던 야구를 때려치우고 갑자기 무슨 바람이 들어서 미식축구를 하겠다고… 어휴! 그 새끼 생각만 하면 아주 속이 터져요! 속이 터져!"

생각할수록 열이 받는다는 듯 형수가 내 맥주를 뺏어서 들이켰다.

형수의 모습에 종섭이가 내게 작게 말했다.

"치어리더들이 더 많다고 하더라."

"응?"

"준호가 야구에서 미식축구로 갈아탄 이유라고 저번에 현아가 그러더라."

"아아……"

고작 그런 이유로 잘하던 야구를 그만뒀다니.

역시 형수 아들이다, 라는 생각이 들어 실소가 나왔다.

"왜 웃었어?"

"아냐."

형수의 시선을 피해 그라운드를 바라봤다.

차민준, 미국에서는 '체크'라는 이름으로 불리고 있는 내 아들이 타자를 상대로 조금도 주눅 들지 않은 모습으로 당당하게 공을 던지고 있었다.

한국 나이로 17살이지만, 어느새 93마일에 이르는 강속구를 던져 대고 있었다.

형수와 종섭이의 말처럼 내 지난 과거, 아니 그보다 더 업그레이드된 모습을 보는 것만 같아서 기분이 좋았다.

다만.

아버지의 기록이 부담스러워 투수보다는 타자로 메이저리그에 입성하고 싶다고 고집을 부려대는 바람에 요즘 좀 머리가 아픈 상태다.

하지만 아무래도 좋다.

내 뒤를 이어 내가 가장 사랑하는 아들이 내가 가장 사랑하는 야구를 한다는 것이 너무나도 행복했으니까.

쐐애애애애애애액!

퍼어어— 어엉!

"스트라이크! 타자 아아아— 웃!"

—우와아아아아아!

"지혁아, 민준이 타자한다고 했지? 아마 못 할 것 같다. 저렇게 좋아하는 얼굴을 하는 놈이 타자를 한다고? 저 녀석은 너를 빼다 박았어!"

"그러게. 아까 홈런 치고 미소도 안 짓던 녀석이 웃고 있네! 역시 피는 못 속인다니까? 흐흐흐!"

종섭이와 형수의 말을 들으며 나 역시 희미하게 웃었다.

두 친구의 말처럼 언젠가 내 아들도 나처럼 100마일의 공을 거침없이 던지는 날이 올 것만 같았다.

그 어떤 타자도 두려워하지 않을 가장 강력한 패스트볼을 던지는 메이저리거가 되는 거다.

그리고 나를 뛰어넘는 거다.

내 마지막 꿈이라면 그것 하나뿐이었다.

『100마일』완결

초대형 24시 만화방

신간 100%, 샤워실, 흡연실, 수면실(침대석), 커플석, 세탁기 완

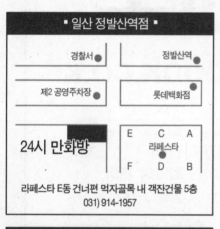

■ 일산 정발산역점 ■

경찰서 ●   정발산역 ●

제2 공영주차장 ●   롯데백화점 ●

24시 만화방

E C A
라페스타
F D B

라페스타 E동 건너편 먹자골목 내 객잔건물 5층
031) 914-1957

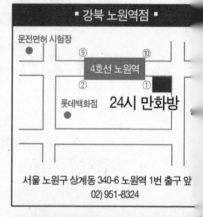

■ 강북 노원역점 ■

운전면허 시험장 ●

⑨   ⑩
4호선 노원역
②   ①

롯데백화점 ●   24시 만화방

서울 노원구 상계동 340-6 노원역 1번 출구 앞
02) 951-8324

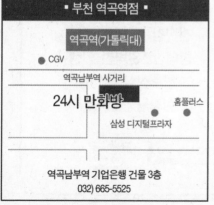

■ 부천 역곡역점 ■

역곡역(가톨릭대)

● CGV

역곡남부역 사거리

24시 만화방   홈플러스 ●

삼성 디지털프라자 ●

역곡남부역 기업은행 건물 3층
032) 665-5525

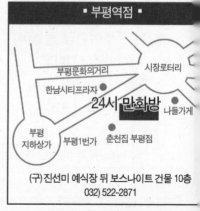

■ 부평역점 ■

시장로터리

부평문화의거리
한남시티프라자 ●   24시 만화방   ● 나들가게

부평
지하상가   부평1번가   춘천집 부평점 ●

(구)진선미 예식장 뒤 보스나이트 건물 10층
032) 522-2871

월야환담

채월야 · 홍정훈 장편 소설

박선우 장편 소설
FUSION FANTASTIC STORY

PERFECT GAME

퍼펙트 게임

고통과 좌절의 시간들을 뛰어넘어
불사조처럼 일어나 세계를 제패한 사나이의 일대기.

대한민국을 넘어 메이저리그를 평정하며
명예의 전당에 헌정된 언터처블 투수, 이강찬.

강철 같은 어깨에서 뿜어져 나오는 그의 패스트볼은
무적이었으며 야구계에 길이 남을 **신화**였다.

야구만을 사랑했던 고독한 사나이.
그의 *퍼펙트게임*이 이제 시작된다!

Book Publishing CHUNGEORAM

유행이 아닌 자유추구 -
WWW. chungeoram.com

이모탈 퓨전 판타지 소설

FUSION FANTASTIC STORY

워리어

Warrior

최강의 병기 메카닉 솔져,
판타지 세계로 떨어지다!

서기 2051년.
세계 최초의 메카닉 솔져 이산은
새로운 세계에 발을 딛게 된다.

"나는… 변한 건가?"

차가운 기계에서 따뜻한 피가 흐르는 인간으로!
카이론의 이름으로 새롭게 시작하는
진정한 전사의 일대기!

Book Publishing CHUNGEORAM

유병이 아닌 자유추구 -
WWW.chungeoram.com

내일을 향해 쏴라

김형석 장편 소설

FUSION FANTASTIC STORY

1만 시간의 법칙!
'성공은 1만 시간의 노력이 만든다' 는 뜻이다.

그러나…
사회복지학과 복학생 수.
전공 실습으로 나간 호스피스 병동에서
미지와 조우하다.

1만 시간의 법칙?
아니, 1분의 법칙!

전무후무한 능력이 수에게 강림하다!
맨주먹 하나로 시작한 수의
인생역전이 시작된다!

Book Publishing CHUNGEORAM

유행이 아닌 자유추구-
WWW.chungeoram.com

가프 장편 소설

관상왕의
1번룸

FUSION FANTASTIC STORY

거대한 도시의 그늘에서 벌어지는
짜릿하고 통쾌한 이야기!

『관상왕의 1번룸』

텐프로의 진상 처리 담당, 홍 부장.
절망적인 삶의 끝에서 만난 남국의 바다는
그를 새로운 인생으로 인도하는데…….

쾌락을 원하는 거부, 성공에 목마른 사업가,
그리고 실패로 절망한 사람들이여.

여기, 관상왕의 1번룸으로 오라!

Book Publishing CHUNGEORAM

유행이 아닌 자유추구 ─
WWW.chungeoram.com

현대 소환술사

THE MODERN SUMMONER

FUSION FANTASTIC STORY

현윤 퓨전 판타지 소설

하늘이 무너져도 솟아날 구멍은 있다!

드래곤의 실험으로 모진 고난을 겪어야 했던 레비로스!
우여곡절 끝에 소환술사가 되어 최강의 자리에 오르지만
운명은 그를 나락으로 떨어뜨린다.

『현대 소환술사』

다시 한 번 주어진 삶!
그러나 그마저도 암울하기 그지없는데……

소환술사 레비로스의
인생 역전이 시작된다!

Book Publishing CHUNGEORAM

성운을
먹는 자

김재한 퓨전 판타지 소설

『폭염의 용제』, 『용마검전』의 김재한 작가가 펼쳐 내는
이제까지와는 전혀 다른 새로운 이야기!

『성운을 먹는 자』

하늘에서 별이 떨어진 날
성운(星運)의 기재(奇才)가 태어났다.

그와 같은 날,
아무런 재능도 갖지 못하고 태어난 형운.
별의 힘을 얻으려는 자들의 핍박 속에서 한 기인을 만나다!

"어떻게 하늘에게 선택받은 천재를 범재가 이길 수 있나요?"

"돈이다."

"…네?"

"우리는 돈으로 하늘의 재능을 능가할 것이다."

Book Publishing CHUNGEORAM